« QUAND ON A LE BONHEUR D'AIMER,
TOUT LE RESTE EST VIL SUR LA TERRE »

PIERRE-AUGUSTIN CARON
DE BEAUMARCHAIS
et
AMÉLIE HOURET DE LA MORINAIE

« *Quand on a le bonheur d'aimer,* *tout le reste est vil sur la terre* »

Lettres d'amour

1787-1799

PRÉSENTÉES ET ANNOTÉES PAR ÉVELYNE ET MAURICE LEVER

La lettre et la plume

© Librairie Arthème Fayard, 2007.
ISBN : 978-2-253-08910-0 – 1re publication LGF

Introduction

« L'amour n'est que le roman du cœur, c'est le plaisir qui en fait l'histoire[1]. » À cette belle déclaration du comte Almaviva répond le triste soupir de la comtesse : « Quelle leçon ! », murmure-t-elle. Pour Beaumarchais, le roman du cœur n'est que littérature ; il saisit le plaisir lorsqu'il s'offre et le pare des grâces de l'amour par la magie de l'écriture préludant à la volupté. Mme de Beaumarchais en fit la douloureuse expérience, tout comme Amélie Houret de La Morinaie, sa dernière maîtresse. « L'amour est pour mon cœur un ange de vertu, de beauté, de lumière, de sentiment de pureté ; il est pour vous un enfant malicieux, gai, libertin, léger, lui dit-elle. Corrigez votre enfant et laissez-moi vivre digne de l'ange que j'adore. Je vous croyais un dieu, vous n'étiez qu'un amant ordinaire[2]. » Cette liaison mal connue jusqu'ici s'éclaire grâce aux lettres inédites des deux amants, acquises lors d'une vente aux enchères, à Paris, le 25 mars 2005[3].

---

1. *Le Mariage de Figaro*, acte V, scène VII.
2. Cf. la longue épître d'Amélie du 20 septembre 1792, p. 100.
3. On ne sait comment ces lettres sont parvenues jusqu'à nous. Ce dossier comprend une copie autographe par Amélie de La

La première mention de cette correspondance figure dans le *Courrier des spectacles* du 16 prairial an VII (4 juin 1799), soit dix-huit jours seulement après la mort du grand homme, où l'on peut lire ces mots : « Une très aimable femme a de Beaumarchais des lettres brûlantes d'amour ; elle était bien digne de les inspirer. Mais comme il avait plus de cinquante ans quand il les écrivit, il y a tout lieu de croire qu'elles sont moins l'ouvrage de son cœur que de son esprit. Vraisemblablement, elles paraîtront quelque jour[1]. » Sans doute cette annonce avait-elle pour objet d'attirer l'attention de la famille. En ce cas la manœuvre réussit pleinement. Cinq mois plus tard, alors que Mme de La Morinaie venait de s'éteindre à son tour, le possesseur de ces lettres (probablement l'auteur de l'annonce) proposait

---

Morinaie de sa correspondance avec Beaumarchais, qu'elle voulait sans doute éditer. Elle ne donne pas la totalité des lettres qu'elle a reçues et envoyées, mais celles qui restent permettent de reconstituer les grandes étapes et la nature de cette liaison, seulement connue par quelques fragments de lettres publiés par Édouard Fournier dans les *Œuvres complètes* de Beaumarchais (Paris, 1884), et par les deux lettres découvertes par Renée QUINN à la British Library (« Beaumarchais et Amélie Houret : une correspondance inédite », *Dix-huitième siècle*, n° 7, Paris, Garnier, 1975, p. 35). À ce jour, aucune lettre d'Amélie n'était connue.

Ce dossier comprend également les lettres de Pontois, précédent amant d'Amélie, ainsi que sept lettres autographes de Mme de Beaumarchais adressées à Amélie et deux lettres de Julie de Beaumarchais à la même Amélie.

1. Lettre citée par LINTILHAC, in *Beaumarchais et ses œuvres, Précis de sa vie et histoire de son esprit, d'après des documents inédits*, Genève, Slatkine reprints, 1970 [réimp. de l'édition de Paris, 1887].

à Mme de Beaumarchais de les lui vendre. Celle-ci demanda conseil au vieil ami de son mari, Gudin de La Brenellerie, qui lui répondit en ces termes : « Votre lettre, ma belle amie, m'a bien surpris, en m'apprenant la mort de Mme de La Morinaie. Je crois que c'est un bonheur pour elle : sa vieillesse eût été cruelle. Quant aux lettres, qu'importe aujourd'hui qu'on les publie ? Le public n'y fera guère d'attention, à présent qu'on ne peut plus tourmenter celui dont elles portèrent le nom. Il croira qu'elles ne sont pas de lui, ou qu'on les a falsifiées ; ce qui ne manquera pas d'arriver. Car il faudra bien y ajouter pour les rendre piquantes. Je ne crois pas que cela vaille la peine d'acheter un manuscrit dont on garderait peut-être une copie. » Mme de Beaumarchais ne suivit pas cet avis ; elle acquit les lettres de son mari et les détruisit entièrement. Du moins le crut-elle, car comme il advient souvent en pareil cas, le vendeur en avait gardé deux, à caractère pornographique, qui sont conservées à la British Library[1]. Amélie en avait recopié de sa main plusieurs autres et gardait le double des siennes dans l'espoir de les éditer comme elle en menaçait son amant[2].

Dans sa biographie consacrée au père de Figaro, Maurice Lever[3] regrettait que l'on sût peu de choses

---

1. Ce sont les lettres publiées par Mme Renée Quinn (cf. note 3, p. 7 et pp. 114-128 du présent volume).

2. Cf. le « dernier écrit très essentiel d'Amélie à Pierre » daté du 20 septembre 1792, p. 85.

3. Maurice LEVER, *Pierre-Augustin Caron de Beaumarchais*, Paris, Fayard, 1991-2004 (3 vol.).

concernant Amélie. Il supposait à juste titre qu'elle avait pris les devants pour entrer en relation avec Beaumarchais, alors au faîte de la gloire. Cette correspondance révèle, en effet, que la jeune femme avait sollicité son aide au mois d'août 1787. Mal mariée, réfugiée au couvent de Notre-Dame de Bon-Secours[1], elle avait cruellement besoin d'argent pour subsister et pour faire vivre sa mère ; elle souhaitait également des recommandations pour son frère employé dans les Aides : « Mon bienfaiteur ne pouvait être un homme ordinaire, il fallait un dieu pour me sauver », dira-t-elle plus tard. Leur différence d'âge la rassurait. N'avait-elle pas trente ans et lui cinquante-sept ? Elle voulait « l'intéresser et non pas le séduire. » Mais ce n'était pas un vieillard et la jeune personne, quoiqu'elle dît, était prête à s'offrir à son sauveur.

Pierre de Beaumarchais vivait depuis des années dans un fiévreux tourbillon d'enthousiasmes, de splendeurs et de richesses. Fidèle en amitié, frère affectionné, bon père, il adorait les femmes. Sa vie amoureuse ressemblait à une longue et joyeuse cavalcade. L'inconstance était pour lui la plus sûre pourvoyeuse de plaisirs et il ne s'embarrassait guère de sentiments. Son premier mariage, alors qu'il avait tout juste vingt-quatre ans, avait été en grande partie dicté par l'intérêt. En épousant la veuve d'un modeste officier de la bouche du roi, il abandonnait le statut d'artisan pour

---

1. Ce prieuré de Bénédictines se trouvait à l'est de Paris, à l'emplacement actuel du 95 de la rue de Charonne. Il fut fermé en 1790.

gravir les premiers échelons de l'échelle sociale. Son épouse ne tarda pas à se plaindre de ses infidélités, mais elle mourut après quelques mois d'une vie conjugale décevante. Sa deuxième femme lui donna une fille et un garçon qui ne vécurent pas longtemps. Elle-même succomba fort jeune à «une maladie de poitrine». Cependant, Pierre fit preuve d'une telle abnégation à son égard qu'on peut penser qu'il l'aima réellement. Après son décès, il multiplia les aventures avec des comédiennes et des filles d'opéra. Un peu plus tard, il faillit épouser une jolie créole fort éprise de lui, mais la fortune de la demoiselle lui parut trop incertaine pour qu'il songeât sérieusement à nouer de nouveaux liens conjugaux. Lors de son long voyage en Espagne, il n'hésita pas à se servir des charmes de la maîtresse qu'il avait élue pour réussir une délicate négociation. En mission à Londres, il écumait les bordels en joyeuse compagnie. C'était une vie de libertin. Sa rencontre avec Marie-Thérèse de Willermaulaz ne lui fit pas endosser l'habit d'un homme rangé, bien qu'il eût installé la jeune femme chez lui. Il appréciait ses qualités et il en fit sa « ménagère », éprouvant pour elle une sorte de tendresse mêlée de respect. Elle aurait préféré plus de passion dans leur union, qui demeurait pourtant solide. Le 5 janvier 1777, elle mit au monde une fille, Eugénie, qu'il adorait. Mais sa « ménagère » et sa fille ne l'empêchèrent pas de poursuivre sa vie débridée. En 1777, il éprouva un vif caprice pour Mme de Godeville, une femme galante aux charmes incendiaires, qui renseignait le lieutenant de police sur les déportements amoureux des clients des « petites maisons». Cette «liaison de plaisir», comme il le disait lui-même, dura deux ans[1].

Devenu un homme d'affaires fortuné et, de surcroît, le célèbre auteur du *Barbier de Séville* et du *Mariage de Figaro*, incapable de repousser une plaisante sollicitation, il menait assez discrètement des aventures sans lendemain qui faisaient souffrir son épouse. En 1787, il devint le héros d'une affaire d'adultère qui, cette fois, défraya la chronique. Il avait volé au secours d'une certaine Mme Kornmann, emprisonnée pour adultère par la volonté de son époux, un banquier véreux qui souhaitait s'emparer de sa dot. Cette femme était enceinte des œuvres de son amant. Beaumarchais parvint à la faire transporter dans une maison de santé où elle accoucha… mais elle devint peu après sa maîtresse. Le mari trompé avait intenté un procès en séparation et déposé une plainte au Châtelet contre le suborneur. L'avocat de M. Kornmann[2] prit fait et cause pour son client avec une violence telle qu'il politisa ce banal adultère : le mari trompé devint un innocent bafoué par un puissant de ce monde, une victime du despotisme, et Beaumarchais «un corrupteur», «un monstre qui suait le crime». Sa réputation en sortit passablement flétrie. Sans doute est-ce pour se faire pardonner ses incartades et en particulier son aventure avec Mme Kornmann qu'il épousa Marie-Thérèse, le

---

1. Cf. Pierre-Augustin Caron de Beaumarchais, *Lettres galantes à Mme de Godeville*, présentées et annotées par Maurice Lever, Fayard, 2004.
2. Le célèbre Bergasse.

8 mars 1786. Il tenait aussi, par cette solennité, à donner un statut légitime à la petite Eugénie.

Qui avait pu donner à Mme de La Morinaie l'idée de s'adresser au père de Figaro ? Elle ne pouvait ignorer ce scandale, sujet de toutes les conversations, mais cela ne l'effarouchait guère. « Vous avez deux réputations, c'est à la bonne que je m'adresse », écrivit-elle suavement à ce défenseur des femmes opprimées. On peut cependant se demander si Eugénie ne fut pas son bon ange. Elle habitait le même couvent qu'Amélie. Sous l'Ancien Régime, ces établissements religieux accueillaient aussi bien les jeunes personnes jusqu'à leur mariage que des femmes seules. Elles disposaient d'une chambre ou d'un appartement et avaient le droit de recevoir qui elles voulaient. Certaines lettres prouvent qu'Amélie connaissait Eugénie. L'enfant n'avait que dix ans, mais savait son père riche et généreux et ignorait sans doute ses aventures galantes. Mme de La Morinaie devait lui apparaître comme une tendre victime, capable de susciter amitié et compassion.

La première lettre d'Amélie intrigue Beaumarchais. Elle expose sa situation dans un mémoire fort bien rédigé et lui demande un rendez-vous. Rien ne peut davantage émoustiller ce libertin. Il fait patienter quelques jours la solliciteuse, le temps de laisser courir l'imagination. Il est sûr qu'elle va s'offrir : « le ton de votre lettre me fait infiniment désirer de pouvoir quelque chose », lui répond-il. Mais est-elle réellement désirable ? Son attente est comblée. Petite brune aux yeux bleus, Mme de La Morinaie est un chef-d'œuvre de la nature qui fait penser à une sculpture de Tanagra.

Très consciente de son charme, Amélie est trop habile pour se donner dès la première rencontre. Elle laisse entrevoir ses appâts dans une heureuse négligence, « sa jambe attachée au genou le mieux fait » et « ce pied si petit, si furtif, qu'on mettrait dans sa bouche »… Elle éveille le désir et feint de jouer la vertu… mais Pierre connaît les femmes. Il attend de nouvelles privautés : « J'ai renoncé à votre sexe… dieu me préserve de vos charmes ! » Le baiser qu'elle lui donne l'embrase tout entier. Quatre jours plus tard, il se déclare fou d'amour ; mais, coquetterie d'homme qui n'est plus de la première jeunesse, il prétend refuser l'amour qui s'offre : « Ayant passé l'âge de plaire, je dois fuir le malheur d'aimer. Tout cela s'apaisera, j'espère, pourvu que je ne vous voie plus. » Le lendemain, Amélie dévoile une gorge parfaite, la lui fait baiser, mais joue l'effarouchée. Cette retenue dans l'impudeur le rend fou de désir. Amélie l'a conduit là où elle voulait l'amener, et là où il voulait aussi la conduire. Tous deux connaissent les jeux de la séduction. Le moment de l'abandon approche, mais Amélie tient à parler de sentiments. Elle a des lettres et se pique d'écrire. Elle veut jouer les héroïnes de Rousseau, et de toute évidence elle a beaucoup lu La Mettrie. Pierre la surpasse dans le discours amoureux : « La volupté est une ivresse qui ne doit payer que l'amour… Ce n'est pas l'union de nos corps que je veux cimenter, c'est celle de nos âmes ; le plaisir n'est pas nécessaire, le bonheur est indispensable. » Ce sont les mots qu'elle souhaite entendre. Elle se défend et se défendra toujours d'avoir l'air de se donner pour de l'argent.

De la fin du mois d'octobre 1787 au début de l'année 1788, ce ne sont que roucoulades extasiées. Une véritable résurrection pour Beaumarchais. Il paraît follement épris de sa jeune maîtresse, laquelle se montre bientôt jalouse de sa « ménagère » et le conduit à des aveux qui feraient souffrir Marie-Thérèse : « l'amour que j'ai pour toi peut s'élever jusqu'à ce nom [d'épouse] », lui écrit-il, tout en déplorant l'âge qui l'empêche d'avoir la même ardeur qu'un jeune amant. Il compense par les mots les faiblesses de son sexe, l'écriture lui tenant lieu d'aphrodisiaque : « nos corps, doux instruments de nos jouissances, n'auraient que des plaisirs communs sans cet amour divin qui les rend sublimes ».

Datée de 1788, la deuxième lettre d'Amélie est celle d'une femme hantée par l'idée de l'abandon. Elle jure de se donner la mort si son amant ne répond pas à sa passion. Cependant, elle redescend bien vite des régions sublimes où elle élève leur amour pour rappeler à Pierre de l'aider à subvenir aux besoins de sa mère : « Elle était douce, jolie, demoiselle et pauvre. Son coupable époux la laissa sans pain, c'est à moi d'en demander pour elle. »

Peu après, elle attise la jalousie de son amant en lui déclarant qu'un duc est disposé à lui faire un enfant et à l'entretenir sa vie durant. « Le père m'ennuierait, le fils serait un sot. Ah ! de ces fortunes-là, j'en ai refusé mille », affirme-t-elle pour le rassurer avant de lui demander, à lui, l'unique amour de sa vie, de la rendre mère : « Notre passion après cet acte sacré aura le caractère le plus auguste. » Dix ans plus tôt, Mme de Godeville avait exprimé le même souhait que Beaumarchais n'avait pas voulu exaucer. Il oppose le même refus à Amélie. On ne possède pas sa réponse ; mais on apprendra dans le « dernier écrit très essentiel d'Amélie », du 20 septembre 1792, qu'il n'avait pas voulu « ennoblir leur union par un gage de leur amour ». Elle lui reprochera amèrement d'avoir été « un amant calculé jusque dans ses bras ! ».

En 1790, les querelles succèdent à la passion. Marie-Thérèse ne supporte pas la liaison de son mari qu'elle a fini par découvrir ; Pierre doit affronter la colère de l'épouse et celle de la maîtresse. Il délaisse cette dernière pendant quinze jours, sans donner la moindre nouvelle, ce qui lui vaut des lettres furieuses. Amélie n'admet pas qu'il accorde le moindre intérêt à sa « Junon ». Elle exige l'exclusivité, se parant elle-même du nom d'épouse. Les scènes se multiplient et la jeune femme sombre dans le désespoir. Elle s'estime trahie, n'étant plus « qu'une machine à sens » pour l'homme qu'elle continue d'aimer à la folie. C'est dans cette longue épître du 20 septembre 1792, où elle reprend l'histoire de leurs relations, qu'elle dévoile les tristes réalités de leur vie intime : l'amant passionné des premiers temps s'est mué en obsédé, qui recherche l'avilissement de sa partenaire et trouve dans l'obscénité le moyen de suppléer à ses défaillances viriles. « Votre style s'était souillé, vous aviez exigé que je prisse le même. L'amour qui fait tout faire aux femmes me fit obéir à vos goûts : j'eus le tort de répondre à des épîtres que j'appelais justement des *tibériades*, cette complaisance de ma part est le repentir de ma vie entière… Je vous aimais, j'avais la conscience de mon sentiment, il m'était affreux de le voir dégradé. » Ces *tibériades* manquent au recueil de lettres que nous possédons. On peut supposer qu'Amélie les a détruites. Elle ne cesse d'évoquer la noblesse de son amour, qu'elle oppose à la conduite honteuse de Pierre qui lui soulève le cœur. Cependant, ses perpétuelles demandes d'argent laissent planer un doute sur sa sincérité.

À la fin de 1790, Amélie reste plusieurs semaines entre la vie et la mort. Sans doute a-t-elle fait une tentative de suicide. C'est à la suite de cet épisode douloureux que Beaumarchais décide qu'elle viendra habiter dans la somptueuse demeure qu'il s'est fait construire et où il s'est installé avec sa famille, au printemps de cette même année. Situation humiliante pour Mme de Beaumarchais qui conserve cependant une parfaite dignité et refuse la déclaration d'amitié d'Amélie : « Je trouve tout simple que vous ne m'aimiez pas, comme il faut que vous trouviez juste que je ne vous aime point encore ; mais comme je ne donne pas dans les extrêmes, je ne goûte point l'alternative que vous me présentez, car de ce que nous ne nous aimons pas, il ne s'ensuit pas du tout que nous devions nous haïr », lui déclare-t-elle. Le ménage à trois devient bientôt invivable. Et Amélie d'accuser son amant de lui préférer sa famille. Il semble que Marie-Thérèse, Julie et Eugénie se soient liguées pour la forcer de quitter la maison quelques mois plus tard. « Leur jalousie n'ayant plus d'autre ressource pour me bannir de chez vous que de me calomnier, et d'allumer cet affreux sentiment dans votre âme, elles l'ont fait ; vous êtes leur *dupe* et non la mienne », dira-t-elle à Pierre. Les dames Beaumarchais avaient découvert la liaison d'Amélie avec le révolutionnaire Manuel, ancien commis de librairie, auteur de libelles, devenu administrateur de police et procureur-syndic de la commune.

Beaumarchais a d'autres soucis que les humeurs de sa maîtresse. Il a beau avoir vilipendé naguère le despotisme et l'aristocratie, il ne demeure pas moins un homme de l'Ancien Régime. Depuis l'affaire Kornmann, l'opinion s'est retournée contre lui. Il a beaucoup à se faire pardonner : ses richesses, ses talents, sa célébrité, son influence dans les « affaires » de la monarchie et son extraordinaire maison qui affiche un luxe insolent au pied même de la Bastille qu'on est en train de démolir. Alors que l'on reprend *Le Mariage de Figaro* au théâtre après l'échec de *La Mère coupable*, on lui propose d'acheter des armes pour la guerre qui est déclarée en avril 1792. Il saute sur l'occasion, mais l'affaire commence mal. Peu de temps après qu'il eut signé un contrat avec le ministre des Armées, il est accusé de dettes à l'égard de l'État. Par qui ? Par Manuel, son rival. Est-ce une vengeance ? Beaumarchais se défend et obtient gain de cause – non sans mal. C'est alors qu'il adresse, le 16 mai 1792, une lettre de rupture à sa maîtresse. Nous ne connaissons cet écrit que par les allusions de la jeune femme [1].

---

1. Cf. la lettre d'Amélie du 20 septembre 1792, p. 85.

Les événements s'accélèrent. Les défaites françaises qui se succèdent ont causé une véritable panique dans toute la France. Le 10 août, la monarchie s'effondre. Le lendemain, la maison de Beaumarchais est fouillée. Le 23, il est arrêté et conduit à la prison de l'Abbaye d'où il sera finalement sauvé par… Manuel, échappant ainsi de justesse aux massacres de septembre. Le rôle de Manuel et celui d'Amélie restent obscurs. Aucun document ne permet d'éclairer cette affaire. Une fois libre, Beaumarchais n'a qu'une idée en tête : partir acheter des fusils qui se trouvent en Hollande. Muni d'un passeport en bonne et due forme, il prend la route du Havre afin de s'embarquer pour Londres. Il n'a sûrement pas averti Amélie de son départ. Elle lui adresse alors cette longue missive qu'elle menace de publier s'il ne vient pas « causer des affaires de son mari, des siennes », afin « d'assurer son sort ». Mais en septembre 1792, dans le climat de terreur qui est déjà celui de la France et surtout de Paris, la révélation « de sa conduite atroce envers une femme dont il avait été adoré » ne rencontrerait guère d'écho. Cependant, quelques mois plus tard, il n'en faudra pas davantage pour envoyer quelqu'un à l'échafaud…

Excepté un séjour à Paris du 26 février au 28 juin 1793, au cours duquel il comparut devant le Comité de salut public qui lui réitéra l'ordre d'acheter les fusils, Beaumarchais devait rester à l'étranger jusqu'en juillet 1796. Pendant ce temps, Manuel ayant été guillotiné, Amélie se prit de passion pour un jeune homme dont on ne connaît que les initiales, H.C., derrière lesquelles, selon certains, il faudrait

reconnaître cet Hector Chaussier, médecin et vaude-
villiste, qui publia les lettres qu'elle lui avait envoyées
sous le titre suivant : *Quelques traits d'une grande passion ou Lettres originales de feue Amélie Ho…, comtesse
de La M…, écrites pendant le cours des années 3, 4, 5 de
la République française.* Dans un préambule passablement alambiqué, il en esquisse le portrait physique et
moral : « Cette femme a eu de grands malheurs ; elle
les a supportés avec un courage remarquable et les
peint avec une énergie douloureuse, poignante qui
déchire l'âme. » Avec lui, Amélie disserte sur l'amour
comme elle le faisait avec Beaumarchais, s'enivre de
grands sentiments et reprend pour son nouvel amour
les mêmes phrases qu'employait naguère le père de
Figaro avec elle, telles que celle-ci : « L'amour sans
plaisir n'est qu'un platonisme hébété qui n'a de sec-
taires que parmi les gens malades d'esprit ou de
corps. » Elle se plaint, cette fois, de la froideur du
jeune homme qui excite sa passion.

Lorsque Beaumarchais peut enfin revenir en France
grâce aux interventions de son épouse, il retrouve
Amélie. Malgré son dépit de savoir que d'autres par-
tagent avec lui les plaisirs qu'il croyait être le seul à
goûter, la vivacité de son désir le pousse encore vers la
femme qui peut le satisfaire. Dans les lettres obscènes
qui subsistent, « la violence des mots ne sert qu'à ten-
ter de régénérer les corps blasés[1] », jusqu'à l'ultime
lettre de rupture. Amélie essaiera pourtant de se rap-

---

1. Maurice LEVER, *Pierre-Augustin Caron de Beaumarchais*,
op. cit., t. III, p. 223.

procher de son vieil amant, en demandant à Thérèse de Beaumarchais d'intervenir en sa faveur. Et c'est à l'épouse qu'appartint le dernier mot. Deux mois plus tard, Beaumarchais mourut tranquillement dans son sommeil. Amélie ne lui survécut que quelques semaines.

Lettres
de Pierre-Augustin Caron
de Beaumarchais
et
Amélie Houret de La Morinaie

Pierre à Amélie
À Paris, le 4 octobre 1787

En arrivant de la campagne, Madame, je reçois la lettre dont vous m'avez honoré en date du 29 du mois passé. Quoique j'aie plus de bonne volonté que de moyens de vous servir, plus de courage que de pouvoir, il ne faut pas que votre aimable et franche confidence reste absolument sans effet. Si je ne puis vous être utile, je puis au moins vous écouter, vous conseiller, vous consoler. Vous avez raison de préférer ma maison pour me conter vos peines à tous les biais qui regardent votre couvent[1], mais je retourne à Chantilly d'où je ne reviendrai que jeudi prochain. Faites-moi crédit jusqu'à cette époque, et prenez ensuite le matin qui vous conviendra. J'ignore ce que je puis pour vous, mais le ton de votre lettre me fait infiniment désirer de pouvoir quelque chose. À mon arrivée, vous saurez que je suis de retour par un mot de moi ; vous êtes la maîtresse alors, et moi je vous attends avec le respect dû au malheur, surtout à votre sexe, à votre esprit, par celui qui vous honore de tout son cœur.

---

1. Amélie habite au couvent de Bon-Secours à Paris.

Pierre à Amélie
Samedi 20 octobre 1787

J'ai lu votre mémoire, aussi singulier que vous, très étonnante créature. Je vous le renvoie, quoique j'eusse une envie démesurée d'en faire prendre une copie, mais vous l'avez confié à ma probité sans me permettre aucune extension de liberté. Je vous le renvoie pur et intact à une lecture près que je n'ai pu me refuser d'en faire à 4 ou 5 personnes en taisant les noms et en déguisant les lieux.

Vous avez beaucoup trop d'esprit, voilà mon sentiment et celui de mes amis. Votre style, original comme votre langage, votre grand caractère nous a tous enchantés. Quelques-uns, même, plus gaillards les uns que les autres, brûlaient d'en connaître l'auteur, mais je me suis contenté de jouir de leur éloge, de leur admiration, sans compromettre votre secret.

Maintenant, belle impérieuse ! Que voulez-vous faire de moi ? Premièrement, je ne veux plus vous voir, vous êtes une incendiaire, et, soit que vous brûlez ou non, vous mettez le feu partout. Hier, en vous quittant, il me semblait sur moi qu'il eût plu de la braise. Mes pauvres lèvres, ah dieu ! pour avoir pressé les vôtres, étaient ardentes comme si elles étaient dévorées du feu de la fièvre. Qu'avais-je besoin de voir tant de

charmes ? Qu'avais-je besoin de voir votre jambe attachée au genou le mieux fait ? Et ce pied si petit, si
furtif, qu'on mettrait dans sa bouche… Non… non, je
ne veux plus vous voir, je ne veux plus que votre
haleine mette le feu dans ma poitrine. Je suis heureux,
froid, tranquille. Que m'offririez-vous ? Des plaisirs ?
Je n'en veux plus de cette espèce. J'ai renoncé à votre
sexe, il ne sera plus rien pour moi. Parlons raison si
nous pouvons. Je sais votre affaire comme vous, mais à
quoi puis-je vous servir ? Qu'entendez-vous faire pour
votre époux[1] ? Vous me l'expliquerez sans doute.
Soyez franche et nette avec moi ; j'ai vu la beauté, j'ai
lu, entendu l'esprit, voyons le cœur à découvert. Plus
de séances bec à bec, je deviendrais fou ; tous mes plans
de sagesse se briseraient contre tant d'attraits, et ma
coquette, en se mirant, chercherait encore à se donner
quelques charmes de plus ; son petit parler sec et
brusque essaierait de nouveaux propos capables
d'enchanter l'oreille, et moi, suspendu comme une
mouche à tous ces filets d'arachnée, je laisserais sucer,
dessécher ma substance, égarer ma raison, soulever mes
sens presque éteints ; et cette femme en miniature avec
ses idées de vingt pieds ferait sa poupée de mon cœur !
Non… non… arrêtons-nous, il en est temps. Mandez-
moi ce que vous pensez, sentez, voulez, exigez de moi ;
je suis votre conseil, votre respectueux admirateur, pas
encore votre ami ; dieu me préserve de vos charmes !

---

1. Née Amélie Durand, elle avait épousé le comte Houret de
La Morinaie dont elle était séparée. Leur divorce sera prononcé en
1796.

Pierre à Amélie [1]
Mercredi 24 octobre 1787

J'ai tout lu, Madame, et cela va fort bien, vous êtes ce que vous devez être, noblement infortunée et fière au sein de l'infortune. Votre sollicitude pour le sort de Madame votre mère honore votre cœur, vous serez une bonne amie, puisque vous êtes une bonne fille ; il ne faut plus que vous tranquilliser. Je vous remercie de m'avoir assez estimé pour croire que de si beaux motifs, une position si cruelle devaient m'émouvoir ; si belle, si jolie, si jeune encore, et vous êtes pauvre. Ah ! oui, vous êtes une honnête femme ; il ne faut plus que vous tranquilliser. Envoyez vite un secours à votre mère et que cela passe avant tout. Payez sans retard chez vous, afin que vous soyez placée dignement, les autres peuvent attendre un peu. Prenez des termes et faites-m'en part, je ferai en sorte que vous ne restiez pas en arrière. En me donnant mes coudées franches, je pourrai vous prêter assez pour remplir ces premiers vides. J'ai connu, mon enfant, l'infortune et ses suites et sais ce qu'il en coûte à une âme fière pour solliciter de l'appui. Dieu merci, vous n'êtes plus dans ce cas ; tant que j'en aurai, vous ne manquerez pas, et votre

---

1. Amélie avait mis en note : ne pas composer cette lettre.

sort est désormais en sûreté. Je vous apprendrai deux bonnes choses : à vous passer de tout ce qui vous manque et à jouir modestement de ce que vous aurez. Comment s'appelle votre frère ? Je suppose qu'il a quitté son nom en entrant dans les Aides… Je tâcherai de travailler pour lui, mais, ma pauvre, je suis bien mal avec la ferme générale : défenseur perpétuel des droits du commerce de France contre tous les abus du fisc, défenseur de la justice et de l'humanité contre toutes les autorités ministérielles, on me redoute, on me maudit pendant que dans les ports chacun me préconise. En général, il n'est point de milieu pour moi ; partout je suis, sans le vouloir, ou le bœuf gras, ou le loup gris. N'importe, envoyez-moi le nom sous lequel votre frère est employé dans la régie, je ferai ce que je pourrai, sinon pour moi, pour mes amis ; j'en ai fort peu, ils deviendront les vôtres. Ne parlez de moi à personne jusqu'à ce que vous soyez bien instruite de la terrible enveloppe dans laquelle je vis ; le peu que je fais pour vous, charmante et digne femme, serait envié, jalousé, vous ferait exécrer par mille gens qui se croient des droits sur mes soins, mais qui sont à mille lieues de moi.

Fermons ce tiroir et ouvrons l'autre, car tout doit marcher à la fois. Vous m'avez dit tous vos secrets, sachez une partie des miens. Vous me demandez mon amitié, mais il est trop tard, cher enfant, pour que je vous accorde une chose si simple. Malheureuse femme, je vous aime, et d'une façon qui m'étonne moi-même ; je sens ce que je n'ai jamais senti. Êtes-vous donc plus belle, plus spirituelle que tout ce que j'ai vu jusqu'à ce jour ? Vous êtes une femme étonnante, je vous adore. Pourtant, ne vous affligez pas, cela ne vous engage à rien, et cet amour, pour être nouveau dans mon cœur, n'aura rien de commun avec nos relations sévères. Je voudrais pour beaucoup pouvoir oublier notre entrevue, vous restituer tout ce qui s'y passa, surtout en perdre la mémoire. Comment tenir une jolie femme sans rendre hommage à sa beauté ? Je ne voulais que vous prouver qu'on ne vous voit pas ingénument, mais ce doux badinage, sans conséquence avec une femme ordinaire, a laissé des traces profondes que ni vous ni moi ne pourrons jamais effacer. Il faut bien que vous dévoriez encore l'ennui de tout ce radotage parce qu'il sera le dernier. Vous me troublez, vous me suivez et vous m'empêchez de dormir ; j'ai des agitations tout à fait déplacées ; je sens le feu de votre haleine ; je voudrais, dans ma déraison, pétrir vos lèvres de mes lèvres pendant au moins une heure entière ; je voudrais que ma main brûlante pût vous parcourir lentement depuis les pieds jusqu'à la tête. Je pensais, cette nuit, que ce serait un grand bonheur si je pouvais dans ma fureur vous identifier avec moi, vous dévorer toute vivante de façon que mon corps pût vous servir de moule. Elle aurait ses bras dans mes bras, sa personne dans la mienne, tout le sang qui part du cœur, au lieu d'aller chercher l'artère, pourrait se verser dans son cœur, et puis de son cœur dans le mien. Qui devinerait qu'elle est là ? J'aurais l'air de toujours dormir, et nous jaserions en dedans. Mille autres idées extravagantes viennent croiser cette folie. Vous voyez bien, mon cœur, qu'il est impossible à présent que vous désiriez me rencontrer, et pour consentir à me voir, il faudrait que vous fussiez aussi folle que moi. Laissez donc là toutes vos mignardises, le ton de votre reconnaissance est trop touchant pour mon faible cœur. Ne serrez point ma main entre vos petites menottes d'albâtre, ne les portez pas sur votre cœur. Comme vous le dites, tout cela me fait mal ; je le sens, je le vois comme si cela était. Nous avons mille choses à nous dire, traitons-les par écrit. Vous vous verseriez tout entière que vous ne me soulageriez pas, mon amour est d'une trempe à part ; il faudrait m'aimer, et, je me rends justice, vous ne pouvez pas m'aimer ; vous ne voudriez pas rendre malheureux celui que vous avez charmé par votre esprit, votre figure, votre hauteur d'idées et votre parfaite sensibilité ; ayant passé l'âge de plaire, je dois fuir le malheur d'aimer. Tout cela s'apaisera, j'espère, pourvu que je ne vous voie plus.

Ô Madame ! j'ai profané votre bouche, puisque la mienne l'a pressée sans mourir. Femme, rends-moi l'âme que tu m'as prise ou mets-en une autre à sa place.

Pierre Caron de Beaumarchais

Pierre à Amélie
Vendredi matin 26 octobre 1787

C'est bon, c'est clair, c'est entendu. Vous voulez qu'on tienne parole et qu'on écrive quand on l'a promis ? Moi aussi je le veux, et suis plus rigoureux que vous, car je n'appelle point une lettre un chiffon de papier grand comme le doigt, tracé en lignes bien écartées formant à peine une demi-page…

> Mon cœur, je ne prends point le change,
> Vous êtes belle comme un ange,
> Mais pensez-vous m'avoir écrit,
> Quand vous me traitez, riche avare,
> Comme le malheureux Lazare,
> Avec les miettes de l'esprit ?

À présent que vous voilà grondée pour le peu, soyez-le pour la méfiance. Vous avez sûrement dans les mains les deux lettres que je vous fis hier, l'une quand j'avais de l'espérance, et l'autre quand je l'eus perdue. Je les ai mises moi-même sous enveloppe à la petite poste hier au soir. Je vous vois rire de mes fureurs, mais je vous jure qu'alors on n'en riait pas près de moi, car j'envoyais au diable celle ou celui qui venait me troubler dans mon humeur. J'avais passé ma journée à former la noire intrigue qui devait nous réunir ; elle a manqué, malheur à qui s'est trouvé sous ma main. Si vous aviez un réel besoin de mes lettres, comme je suis affamé des vôtres, vous n'appelleriez point *aliment* quatre mots jetés au hasard, et vous auriez le bon esprit de sentir que je suis comme Montezuma sur un brasier de feu. Pour vous punir, parcimonieuse, vous n'aurez point les vers que j'ai faits cette nuit en me retournant sur mon gril. Ma colère était apaisée, je me disais : « Je la verrai demain, cette divine femme, unique en vérité…, je caresserai ses charmes…, je m'enivrerai dans ses pensées délicieuses. » Tout cela me sonnait au cœur, me remuait le sang, et je sentais que, la nuit, on est moins généreux que le jour. Et puis mon épître érotique allait son train, je les faisais pour une femme qui joint à une morale énergique un physique céleste. Ils étaient chauds, ces vers, trop peut-être. Par respect, je ne vous les enverrai pas. Ils sont d'un rouge un peu vif. Je ne vous dis pas indécents, mais ils sont gais, ce que vous nommez *lestes*, vous, bégueules de femmes. Pour deux raisons, donc, vous ne les aurez pas.

Vous voulez me voir, ma beauté ? Vous me verrez aujourd'hui, l'arrangement d'hier subsiste. Laissez-moi seulement le choix du moment, ma main tremble de cet espoir enchanteur au point que je ne puis plus écrire « bonjour ». Très belle et très bonne Amélie, point de tutoiement dès que vous l'ordonnez, mais je vivrais cent ans que je finirais par ces mots : je baise avec respect le plus beau sein que j'aie jamais pressé de mes heureuses lèvres.

Pierre à Amélie
29 octobre 1787

Samedi soir

Fatigué de ma situation pénible, ô femme, je t'écrivais quand on m'a remis ta douce lettre, ta généreuse lettre. Mais écoutez-moi cher enfant, je vous aime, cela est bien prouvé pour moi, et j'admire comment un bon cœur brûlant de s'acquitter s'offre lui-même en holocauste au sentiment de la reconnaissance, mais chère et adorable femme, tu te trompes si tu me crois capable d'abuser de ton généreux dévouement. Je t'ai traitée d'abord légèrement sans intention de t'offenser quand je t'ai montré des désirs qui semblaient dus à ta figure céleste. Depuis, je t'ai mieux connue, j'ai mieux vu les beautés de ton âme divine, et j'ai regretté que l'hommage pur de mon cœur n'eût pas de beaucoup précédé le désir de ta jouissance. Ton ravissant esprit a tourné le mien, j'ai senti un besoin de toi qui n'est pas celui du plaisir, je voudrais que tu fusses à moi, non par des liens ordinaires, mais bien d'une façon qui n'appartient qu'à nous. T'avoir pour moi c'est une horreur! La volupté est une ivresse qui ne doit payer que l'amour. Tu m'aimes par reconnaissance et tu veux te donner à moi? Va, je sens tout le prix de ton aimable sacrifice. Garde tes charmes, ils sont à toi, à celui qui te forcera par un doux sentiment de désirer qu'il s'en empare. Tu es d'un prix inestimable, ne te donne pas pour si peu de chose, tu ne dois rien à mes désirs, et peut-être en aurais-je moins si, sentant tout ce que tu vaux, je ne regrettais pas de t'avoir mise au-dessous de toi-même, en cherchant à dérober des plaisirs à celle qui méritait mon adoration la plus pure. Voilà mon cœur… Si je le connais bien, j'ai des projets, et s'ils me réussissent nous serons heureux. Mais pour tout arranger sans doute il faut nous voir une seule fois avec un grand mystère ; là, nous réglerons tout… Tu m'es devenue nécessaire, ô femme ! Pour cette fois, fie-toi à la probité de l'amour, tu ne seras pas profanée, quelque violent que soit l'attrait qui m'attire vers ta personne. Non, ce n'est pas là du désir, c'est quelque chose de plus intuitif. Ce n'est pas l'union de nos corps que je veux cimenter, c'est celle de nos âmes ; le plaisir n'est pas nécessaire, le bonheur est indispensable. Tu mettras ton cœur nu sur ma poitrine ardente, ils battront l'un sur l'autre, et je serai content. Je te dirai je t'aime, toi, tu diras tout ce que tu voudras. Ô céleste créature, tu m'as donné plus que tu ne me dois. Dis-moi quel est ton nom de baptême, afin que je te nomme ainsi, car un nom par lequel tu es la femme d'un autre ne doit plus servir qu'aux adresses… Chef-d'œuvre de nature, modèle de toutes les perfections, tu m'as donc donné ta personne, elle est à moi, je te la rends ; si je connaissais au bout du monde quelqu'un qui pût te rendre heureuse je te l'irais chercher en poste.

Ne pas répondre sur-le-champ à ton abandon généreux, ne serait-ce pas te laisser croire que j'en suis peu touché ? Demain je vais à la campagne ; lundi je t'écrirai dans quel coin nous devons nous voir. Accorde-moi, cœur, âme, folie de la mienne, la liberté d'un doux tutoiement. Je baise avec respect tes jolies mains, tes pieds imperceptibles.

Pierre à Amélie
Mercredi soir 1787

Je ne sais pas, dis-tu, ma belle amante, à quelle condition on possède ton âme. Eh bien, pose-les, tes conditions, il n'y en a aucune que je ne sois heureux de remplir. Tu me donnes ta vie ! Je l'accepte, et tu veux que je t'en rende compte, c'est-à-dire que je te réponde du bonheur auquel tu as droit… Je me charge de ce doux fardeau, rends-le pesant à force d'amour et ne me l'allège jamais, je voudrais en être étouffé ! Te voilà rendue, mon amie, à ces sentiments si terribles pour les âmes comme les nôtres ! Et pourquoi terribles ? Dis à ces sentiments sublimes « quoi donc » ? Voudrais-tu aimer moins ? Si ton cœur a besoin d'un amour véhément, pourra-t-il être heureux en aimant faiblement ? Chacun porte en soi la mesure du sentiment qui lui convient, le tout est d'en choisir l'objet ; mais quand le choix du cœur est approuvé par la raison, quand on s'est rendu témoignage qu'on aime celui qu'on estimait, plus notre amour est violent, plus il nous rend heureux. Ce n'est pas à nous d'être des amants ordinaires, je veux t'aimer avec excès et suis-moi dans cette carrière en renonçant à me devancer. Que celui de nous deux qui reconnaîtra dans l'autre un mouvement du cœur qu'il n'a pas dans le sien le couronne vainqueur et lui cède la palme de l'amour et du sentiment. Ô ma beauté ! quelle lettre divine ton amour a reçu de toi ! Non, l'amour ne va pas plus loin, et pour la beauté d'expression, et pour la peinture d'une passion céleste, et ce mélange heureux d'un sentiment sublime et d'une volupté ardente. Ah ! je te couronne vainqueur ; peut-être je t'aimerai plus, mais toujours tu le diras mieux. Eh bien, qu'importe Amélie, ce n'est point entre nous un combat d'amour-propre, oh non ! c'est un combat d'amour. Nous préparerons deux couronnes, celle de dire et celle de sentir. Belle, jolie, charmante, pleine de grâces, de talents et d'un style délicieux, la première t'appartient de droit, ne crois pas que je te la dispute, ne débattons que la seconde, et puisses-tu souvent me soutenir qu'elle t'est due. J'attendais une lettre ardente, et tu m'as couvert de tes feux ! Non, l'amour ne va pas plus loin, je le répète avec respect, celle qui peint son âme, son amour d'une plume si énergique est seule digne d'en faire naître un qu'on puisse comparer au sien. Je te salue, sublime créature, et tu m'as charmé pour la vie, je ne sais même si la brûlante affection de ma vie entière pourra suffire à m'acquitter envers toi.

Pierre à Amélie
Dimanche 3 février 1788

Femme, sœur, fille, maîtresse, amie, un noble sentiment t'emporte, mais, malgré ma folie pour toi, je ne consens point, ô ma beauté, déesse que j'encense, je ne consens point à ce délire, je ne veux pas qu'une marque d'amour qui m'appartient en propre me soit disputée, enlevée.

Aimez-moi de toute votre âme, je vous en prie, avec l'abandon du bonheur. Vous ne ferez qu'acquitter la dette que mon fier amour vous impose. Si vous ne m'aimez pas ainsi, je deviendrai très malheureux, j'irai sans vous chercher Pontois[1] *pour lui dire… elle m'a trompé.* Je crus sentir hier soir qu'on pouvait mourir de bonheur. Un mot de toi demain matin.

---

1. Pontois, précédent amant d'Amélie qui était mort subitement, avait adressé à la jeune femme des lettres passionnées qui se trouvent dans le même dossier que celles de Beaumarchais.

Pierre à Amélie
Jeudi soir 1788

Le bonheur de vous aimer, ma chère Amélie, est un bien que je dois à vous seule. Il n'était celui de personne, je n'aimais plus d'amour, et j'avais la sottise de m'en féliciter quand vous êtes venue troubler ce repos apathique. Cette frayeur d'avoir le bien d'autrui n'est donc qu'un léger badinage, une douce coquetterie d'amante idolâtrée qui veut qu'on la rassure, même sur des chimères, et cette crainte a je ne sais quoi de doux, de très aimable qui plaît à mon âme et la ranime encore. Mais, chère enfant, si tu te reproches à mes yeux d'avoir pris le mari de ma femme, c'est sans doute pour avoir droit de reprocher d'avoir pris la femme de ton mari! Que je suis malheureux! Je n'ai pas seulement la délicatesse de me le reprocher. Tu me diras, mon ange, que, victime de l'empire d'autrui, tu t'es livrée sans te donner, et que l'on n'appartient pas à celui à qui l'on ne s'est pas donné de sa volonté libre. Je sais cela comme toi, je t'entends et vais te répondre. J'avais une maîtresse qui m'aimait éperdument, mais je ne sais pourquoi, tout ce qui peut servir d'aliment à une âme de feu s'éteignit par la jouissance ou par l'habitude, ou par la disproportion entre nos facultés de sentir. Ce qu'il me fallait pour former une grande passion, je ne le trouvais pas en elle. Peu à peu, tout finit en moi, alors je me mis à l'étudier à froid, je lui trouvai de bonnes qualités. Je n'avais jamais été *réellement* amoureux d'elle, sa vanité de femme ne me le pardonnait pas, je le savais, mais j'en avais un enfant, je crus devoir un état à cet enfant et, par honneur, j'épousai la mère. Les bonnes qualités que je lui trouvai me la firent garder près de moi. J'en ai fait ma ménagère. Je n'ai point voulu m'asservir, j'ai mis ma liberté à côté de la sienne. Sois tranquille, ma beauté, l'âme de mon âme, il y a sept ans que ma ménagère n'est plus ma femme. Ô l'épouse de mon cœur ! je n'en ai pas d'autre que toi. Tu me fais l'honneur, belle Amélie, de me montrer un peu de jalousie. Ah ! montre-m'en beaucoup, tu ne sais pas le bien que tu me fais. Je sens que la crainte enfantine dont ta jolie main a si bien tracé l'embarras est plutôt un badinage obligeant pour ton pauvre esclave qu'une véritable terreur, car tu sais trop que je t'adore exclusivement. N'importe, ce langage d'un cœur bien épris m'enchante et me ranime. Je sens, en lisant tes reproches, le philtre du bonheur s'insinuer dans tout mon être. Comme je baiserai tes charmes pour te remercier de ta bonne petite jalousie. Ranime-moi, mon amante céleste pleine d'amour. Ah ! dieu ! mon devoir est de tomber à tes genoux et de mourir du plus étonnant amour qu'un homme ait jamais pu sentir, mais aussi, c'est pour la plus étonnante des femmes.

Pierre à Amélie
Vendredi matin 1788

Je reçois ta lettre, elle est sombre, et vraiment ce n'est pas de la jalousie que tu me montres, c'est un regret sur nos disproportions d'âge, de grâce et de beauté ! Tu voudrais être mon épouse ! Ah ! c'est donc pour sentir en toi un juste motif de m'aimer ? Tu voudrais qu'un lien respectable justifie dans ton cœur ce que tu fais pour moi ! Tu m'as voué un sentiment sévère et, malgré toi, il t'est impossible de ne pas revenir souvent à la disconvenance de nos âges et de nos personnes ! Mais qui te force à ces intimités ? Suis-je un tyran de ta beauté ? Ai-je voulu violer tes charmes ? J'en ai senti le vif pouvoir, mais cela même ne t'engageait à rien. Que ne me disais-tu : « ami, le temps de l'amour est passé, ton âme convient à la mienne, mais il faut autre chose au cœur, je ne pourrais avoir pour toi qu'une froide complaisance » ? Je t'aurais dit : « beauté ! tu me rends un très grand service, tu rends un homme qui t'adore au bon sens dont il est sorti ; je ne puis être ton époux, j'ai une femme et toi un mari, ce joug pénible est éternel, toute prétention sur toi ne serait donc qu'un ridicule ». Alors, n'étant plus ma maîtresse, tu n'aurais pas craint de me voir, d'être de ma société. Ce prétendu second rôle d'être dans ma maison l'amante de celui qui a une autre épouse, cette fierté de ton cœur – que j'approuve en vérité, car nulle part tu ne peux avoir le second rôle –, cette juste fierté ne gênait plus notre commerce, chacun de nous était à sa vraie place. Eh bien! reprends tes droits, la dignité de ton caractère. Pourquoi sens-tu des soupçons de notre liaison amoureuse? C'est que tu m'estimes sans amour? Quelquefois, emportée par mon ardeur brûlante, tu fermes un moment les yeux et tu t'efforces de m'aimer, mais moi je suis plus fier que toi. Ôte-moi cette déraison de t'aimer plus que je ne dois, et je me crois digne d'un sentiment très honorable. Je suis déchiré dans le monde, mais adoré autour de moi. Au lieu de gémir dans un coin, de m'accorder plus que tu ne me dois, laisse là mon amour, et viens te mêler dans ce cercle d'amis et de bénédictions que je recueille autour de moi. Peut-être alors sentiras-tu que cette douce préférence que mon cœur t'a donnée sur tous n'est pas un présent sans mérite, et, laissant à d'autres que moi les jeux enfantins de l'amour que tes phrases austères couvrent de ridicule, je parviendrai peut-être à t'inspirer des sentiments dignes de nous. Ce n'est point par pitié que je t'ai nommée *mon épouse*. C'est que l'amour que j'ai pour toi peut s'élever jusqu'à ce nom. Mais ce que je puis encore plus (et sans doute je le dois), c'est de revenir à l'austérité de mon âge, et de te rendre à la gaieté du tien. Mon amie, tes regrets me tuent, ils portent l'humiliation jusqu'au fond de mon âme, je ne veux point vivre dans cet état. Accepte un jeune amour qui t'enivre et te fasse oublier dans l'excès du plaisir qu'un homme de mon âge, et sans titre que son amour, a osé profaner tes charmes en s'égarant sans pouvoir t'égarer. Prends un jeune amour, ma beauté divine, sois heureuse du bonheur qui convient à ton âge, à tes charmes, je n'en serai pas moins ton ami, ton bon père. Nos plaisirs n'ont rien de commun avec nos relations sévères, vous le savez bien, et vous pouvez compter sur moi pour la vie, au titre que vous voudrez.

J'étais jeune, j'étais beau, j'avais des talents, tout cela est fini. Comme vous dites, mon amie, votre âge, le mien ; vos beautés, ma décrépitude. Le jour sombre et sévère que vous jetez sur moi m'éclaire ; j'avais besoin d'être trompé par les illusions de l'amour ; tout ce qui le détruit décompose son charme. Soyons amis, et que vos scrupules sur mes liens d'époux s'apaisent. Accordez-moi ce que vous me devez, mon cœur vous tient quitte du reste. Je vous avais chargée, belle vestale de l'amour, de souffler sur le feu sacré, mais le vent violent de tant de réflexions austères, au lieu de l'allumer, l'éteint. Il n'y a qu'un homme sans âme qui ose vouloir posséder celle qu'il ne peut charmer, et c'est ainsi que vous dominez toujours sur la mienne, la faisant passer à votre gré du comble du bonheur par une lettre, à l'humilité de son état par une autre. Bonjour, ma chère fille, je vous aime, aimons-nous, s'il se peut, *raisonnablement*.

Amélie à Pierre
11 h jeudi soir 1788

Mon dieu, quelle humeur vous aviez ce soir ! Vous êtes jaloux… mon ami. Vous demandez ce que me veut ce vieux pair de France avec son licol bleu… ? Il me trouve jolie. Il veut, dit-il, me faire un enfant, et que la mère et lui reçoivent 15 mille livres de rente de sa munificence. Écoutez donc, mon amour, je suis pauvre, vous voyez que c'est une affaire d'or… Quoi ? vous grondez encore ? Est-ce que d'honneur vous désirez me voir jeter ma fortune par les fenêtres ? La lettre si drôle que tu m'écris à 9 h ce soir recèle pourtant ta petite jalousie. *Ah! que les gens d'esprit sont bêtes!* Va!… rien ne peut te ravir mon cœur, rien ne peut me faire descendre à donner des droits sur ta propriété. Vois-tu, mon Pierre, j'ai la probité d'un honnête homme, et, pour des millions, on ne me verrait ni me partager, ni faire un vil trafic de moi-même. Se donner, c'est généreux ; se vendre… Fi ! c'est une horreur. Si j'avais voulu dans ma jeunesse descendre à de basses spéculations, je serais fort riche ; mais loin de ta fière maîtresse de tels moyens de fortune, tu vois bien que ma pauvreté est la gloire de ma vie. Dors en paix sur les offres du grand seigneur… Il en sera de lui comme du prince que tu voulais que je prisse : il ne reviendra

45

pas chez moi. En vérité, mon ange, ce n'est pas un sacrifice que je te fais ; dans tout cela je ne garde que ce qui me plaît le mieux. Mais connais-tu ce pair qui veut me rendre mère ? Le père m'ennuierait, le fils serait un sot. Ah ! de ces fortunes-là, j'en ai refusé mille. Le sort de ma mère m'a fait la loi, mais, forcée de céder à l'impérieuse nécessité, je voulais un bienfaiteur digne de moi, qui sût secourir noblement une noble infortunée. Tout le monde me disait... B. vous adorerait... j'osai écrire à B., je lui portai mon *âme bleue*, mon *nez grec, mes pieds chinois, ma figure de mingrélie*[1], pour me servir de ses expressions. Je lui ai fait lire mon singulier mémoire. B. daigna me distinguer, m'aimer. Sa réputation travaillait ma tête depuis longtemps, ses lettres l'ont allumée. J'ai vu ses larmes, mon cœur s'est ouvert, s'est ému, attendri, et l'amour pour la seconde fois de ma vie vint encore la ranimer. Mon ami, je suis à toi et pour toujours. Dispose de moi à ton gré, je ne connais qu'une domination au monde, mais elle est sans bornes. Mon amour a sur moi un pouvoir absolu. Ah ! si l'amour un jour allait tripler notre être. Moitié de moi-même, donne un frère à ta fille, un fils à ton amante. Ô ma vie, le saint enthousiasme de l'amour de la nature me saisit ; mon cœur bat, mon visage est baigné de pleurs... Quel honneur pour ma vie de former un homme de ton sang ! Notre passion après cet acte sacré aura le caractère le plus auguste. Sanctifions nos lois, ô mon époux, par l'autorité de la nature. Il faut que je finisse ; ces noms adorés de père et d'époux

---

1. Région de la Géorgie, au sud-ouest du Caucase.

et de fils, je ne les prononçai jamais sans me sentir pressée d'un saint effroi. Sans une palpitation qui peut m'étouffer, sans une émotion céleste. Ô ma chère âme, sanctifions nos amours par une chimère au-dessus des lois. Ciel… terre, être incréé, puissance inconcevable… des sentiments de cette force peuvent-ils vous déplaire ? Non, l'amour vrai, l'amour dans toute sa pureté doit être digne d'un dieu ; c'est la religion de la nature. Quel que soit le moteur suprême, il nous aime et nous bénit. Bonsoir, âme de la mienne, dangereux mortel, tu m'as perdue[1].

---

1. La réponse de Beaumarchais manque, mais Amélie évoque clairement le refus de son amant dans son écrit du 20 septembre 1792, p. 92.

Pierre à Amélie
Jeudi soir 1788

Tu veux avoir le privilège d'avoir des torts uniquement ? Eh bien ! je te l'accorde, mais ne te flatte
pas de rien articuler qui ne me passe à travers le
cœur. Et dans les mouvements que tu me causes,
attends-toi toujours à recevoir le premier feu de mes
pensées et mon sentiment bien naïf. Ce n'est pas
pour rire que je t'aime, ce n'est pas pour caresser
une belle femme que je t'embrasse, c'est que tu as
subjugué mon cœur, mon âme et mon corps. Ne
crois pas te faire un jeu de ma fière sensibilité, mon
existence est désormais dans toi, et tu m'en rendras
compte ou à dieu ; mais que te veut le vieux duc… ?
Il te trouve jolie dis-tu ? Le fat ! Ma beauté, je te le
donne à tourmenter pour cette première insulte.
Jolie ! C'est bien le mot… Je te jure, moi, qu'il te
trouve belle, et que c'est seulement des bons airs
qu'il se donne, le fat ! J'irai vous faire ma cour ce
soir, car je vous trouve aussi fort jolie. Et ton esprit
ne lui semble-t-il pas assez drôle ? Va à l'opéra, mon
cœur, amuse-toi, ma chère âme. Je voudrais être
beau comme un ange, fort comme Hercule, spirituel
comme Apollon et te plaire comme P[ont]ois, je
serais l'être le plus favorisé du ciel. Je suis bien

moins aimable que ton premier amant, et je ne veux rien lui disputer que mon céleste sentiment, mais ce vieux soi-disant seigneur qui te trouve jolie ! Le maître fat, je l'estime beaucoup.

Pierre à Amélie
Ce jour de Pentecôte 1788

J'écris du plus beau lieu du monde à la plus charmante des femmes. J'ai sous les yeux l'aspect de Chantilly et dans le cœur les beautés d'Amélie. Rien n'est comparable au tableau qui frappe mes regards, et rien aussi ne peut se mesurer aux charmes de mes souvenirs. Que tu me manques en ce séjour céleste ! Ah ! je n'y désirerais rien si je l'habitais avec toi ! Mais qui peut donc nous priver d'un bonheur si facile ? La crainte qu'il ne dure pas. Je voudrais qu'il se cimentât de manière à ne pouvoir se rompre, et c'est la façon d'y entrer qui seule est vraiment difficile. Si j'étais assez maladroit pour oser exiger ici, on ferait bien le premier pas, mais hélas ! Mon amie, force n'est pas bonheur ! Je voudrais qu'on s'enchantât de toi, qu'il s'établît entre vous deux quelque désir de vous connaître, et qu'enfin la liaison ne vînt pas de moi seul ! J'ai déjà tourné mille fois autour du moyen que je crois le plus propre à nous rapprocher l'un de l'autre. Il faut, amie, que tu écrives, cela est nécessaire et sûr. Je n'ose te donner l'idée de ta lettre, de peur d'enchaîner tes idées, cependant je sais la tournure qui nous réussirait le mieux. Allons, il faudra bien que cela s'entame à mon retour, car je suis honteux d'être dans un si beau séjour quand tu végètes dans une cellule[1]. Je n'ose, mon ange, me livrer à tout le charme que j'y sens parce qu'il n'est pas bien que j'aie du plaisir sans toi. Je suis tout prêt à m'écrier : « oh dieu ! que ce pays est beau ! » Ma voix s'arrête et je prononce tout bas : « où es-tu ma belle maîtresse ? » Si Thérèse t'aimait, j'espère qu'elle t'aimerait beaucoup. Modeste malgré tes avantages, en cachant la moitié si tu pouvais, il t'en resterait encore assez pour être adorée de tout le monde. Ah ! comme nous serions heureux ! Voilà, mon cœur, le projet qui m'occupe sans cesse. En ce moment, elle joue de la harpe. Si j'entendais ta charmante voix chanter à côté d'elle, moi je lirais entre vous deux, et je serais heureux du bonheur qui me convient. J'ai l'âme ardente, elle a besoin d'amour ; j'ai l'âme douce, elle veut être aimée de tout ce qui l'environne, et c'est l'office de l'amitié de remplir cet autre besoin. Je filerais des jours heureux en rendant les vôtres plus doux. Mais quand pourrais-je espérer d'accomplir ma chimère ? L'amour serait pour les moments furtifs, la douce amitié pour toujours. Si tu le veux sincèrement, je crois que nous réussirons. Bonjour, maîtresse, amante, amie, ce beau séjour t'appelle, il faut absolument qu'il reçoive de toi ce qu'il aura de plus touchant. Reçois un doux soupir, ô ma chère vie ! il part du fond du cœur.

---

1. Allusion à la chambre du couvent de Bon-Secours où vit Amélie.

Amélie à Pierre
Mercredi matin 1788

Oh ne t'en va plus! Quelque courte que soit l'absence d'un objet aimé, elle désole, flétrit un cœur sensible. Ah! qu'il avait raison celui qui disait que l'absence était le poison de l'amour. Mon bien-aimé, depuis que tu vis loin de moi, je n'y suis plus, ma santé s'en va, mes yeux bleus sont rouges, mes idées graves, une maussaderie intolérable ne me quitte pas. Reviens, ô ma chère vie, il y a de quoi me vieillir de dix ans. Je ne sais plus que je fis hier des emplettes pour ma mariée, pour mon frère. J'ai dîné chez la m[arqu]ise de Ch. Nous avons été aux Italiens; on donnait un drame touchant. J'aurais bien pleuré sans lui. Pour saisir l'occasion avec transport, je suis rentrée à dix heures. Un saignement de nez assez considérable m'a pris une demi-heure. Je me suis couchée à 11 h, j'ai lu jusqu'à minuit. À cette heure, le sommeil me gagnant, j'ai passé mes bras autour de toi, et j'ai pleuré sur ton cœur adoré. Mille réflexions me troublaient au milieu de ces premières vapeurs du sommeil : mais s'il me trompait, s'il se trompait lui-même en croyant m'aimer? Si je devais regretter un jour de l'avoir adoré? Si nos jours en danger par son inconstance… Oh non!… il est trop éclairé pour ne pas juger ses sentiments, trop grand pour les feindre. Allez loin de moi, présages funestes, le mortel auguste que je chéris à tant de titres est incapable d'inconstance, de fausseté! Pourtant, j'ai mal dormi… Ô mon ange, ne jugez pas votre ardente maîtresse sur des calculs ordinaires, sur des données communes, je ne vaux pas mieux qu'une autre peut-être, mais la nature m'a donné un caractère original, une âme à part; songez bien qu'on ne possède cette âme qu'à des conditions terribles, que, prompte à me pénétrer, lente à me détacher, une fois lancée, je ne m'arrête plus. Je vous idolâtre, et je péris si vous n'êtes pas digne de ce que vous inspirez. Ces sentiments terribles prennent toutes les facultés de mon être. Mon cher amour, ne vous préparez pas le remords de conduire au tombeau une femme sensible qui ne peut vous tromper, qui vous aimera jusqu'à la mort, et vous sacrifiera tout pendant sa vie. Mon cœur s'est bien serré en ne te trouvant pas hier chez toi. Tu reviens demain matin, dit la bête de garde de ta porte. Aurai-je une lettre aujourd'hui? Mon ami ne peut négliger son amie, sans doute il m'a écrit. Mon dieu, qu'est-ce que j'ai donc?

Il faut que j'écrive à ma cousine qui me demande une partition d'opéra et ne me dit pas un mot de sa mère à qui l'on [n'a] pas encore remis les cent écus que je lui envoie. Ma cousine songe à chanter quand sa mère est dans le besoin, aussi, c'est une manière de bégueule. Ma cousine, ces femmelettes respectant avec faste les vertus d'apparat, sont presque toujours nulles quand il s'agit d'exercer des vertus réelles. Moi, dont la tête philosophique et le cœur pur n'ont jamais pu concevoir un préjugé, je ne respire que pour assurer le sort d'une mère. Mes nuits sont troublées par la crainte de mourir avant de sauver la mienne de l'indigence qui poursuit sa vieillesse. Je ne songeais guère à ma santé quand ma mère était heureuse... Ses malheurs me rendent avare de ma vie. Quand je souffre, il me semble que les jours de ma mère se décomposent. Ah! ménage les miens, mon cher ami, ma mère mourant de froid, de faim, voilà ce qui l'attend après moi. Mes nerfs tressaillent d'épouvante.

Marguerite de V... me donna le jour. Elle était douce, jolie, demoiselle et pauvre. Son coupable époux la laissa sans pain, c'est à moi d'en demander pour elle. Ô mon ami, quelle destinée poursuit les femmes sacrifiées jeunes à des despotes sans âme! Malheureuses dans leur position, condamnées dans les dédommagements qu'elles se permettent, en proie aux maux de tous les genres, physiquement et moralement désignées par la nature pour souffrir, perdues par un sentiment que votre sexe n'entend pas, vivant dans la douleur, mourant déshonorées en végétant soixante ans pour acquérir une considération qui ne peut jamais adoucir les peines de leur vie; voilà le lot que chaque femme reçoit de la nature en voyant le jour. Je demande pardon à ton âme folâtre de ce ton lamentable; je suis triste comme le malheur, sévère comme l'expérience, je crains les suites de la passion insensée que j'ai prise pour toi. Rassure-moi, console-moi. Ah! quand je verrai tes yeux adorés, quand je lirai l'amour dont tu m'assures dans ces yeux d'une expression si déchirante, va! j'oublierai ma tristesse, ma raison, et l'amour embellira tout, et nous serons ensemble.

Pierre à Amélie
Mardi matin 1788

Vous êtes sans mentir une mignonne maîtresse, une charmante créature de m'avoir envoyé ma douce volupté du matin, je ne l'espérais pas, nous étant vus hier au soir. Après nos débats, nos plaisirs, votre lettre est un bienfait que mon âme n'oubliera pas.

Je ne t'ai point rendu mon cœur, femme adorée! Était-il à moi pour le rendre? La douleur de sécher d'amour auprès d'une femme à la glace [*sic*] allait sans doute m'éloigner de toi. Je pouvais bien cesser de te dire *je t'aime*, mais non pas cesser de t'aimer. Tout est oublié, réparé. Règne par l'amour et ne détruis pas ton empire, règne par la volupté, tu es céleste dans le bonheur. Tu pleurais lorsque ton âme dans tes yeux enchanteurs renaissait, expirait, me disait « je t'adore »! Ô spectacle délicieux! Mélange exquis de la sensibilité de l'âme, de la sensualité du cœur, vous êtes l'état le plus désirable où une créature humaine puisse entrer! Ah! le bonheur que tu donnes, que tu sens est d'une nature divine. Faisons-nous sur la terre un bonheur qui ne soit qu'à nous, composons-le de tous les bonheurs épars et dispersés, rassemblons-les dans notre sanctuaire d'amour, donnons à cette union sacrée toute la valeur dont nous sommes capables. Penses-tu n'être qu'une femme pour moi? Ta beauté, ta forme, ton sexe sont les intermédiaires entre ta belle âme et la mienne. Nos corps, doux instruments de nos jouissances, n'auraient que des plaisirs communs sans cet amour divin qui les rend sublimes. Crois ton amant, céleste amie, quand on a le bonheur d'aimer, tout le reste est vil sur la terre. C'est cet état privilégié dans lequel j'étais désolé de n'avoir pas pu t'entraîner, *tu résistais, tu raisonnais*, au lieu de ranimer le feu sacré, tu le laissais éteindre! Inventons au contraire mille moyens de multiplier son éclat. Méprise les cris de tout ce qui t'environne, femme étonnante, plane sur la tête de tes compagnes et vivons ensemble dans une région de feu. Tu veux mon cœur? il est à toi pour la vie entière, que le tien soit ma récompense. Ne regrette plus tes vingt ans, tu vaux mieux que tu ne valais lorsque tu te croyais parfaite. Ta figure est toujours angélique, ton corps fait à plaisir et ton âme bien instruite, et dans sa noble maturité, la belle femme de trente ans sensible et spirituelle est le chef-d'œuvre de la nature. La jeunesse bouillante aime fort, mais n'aime pas bien, les délicieux détails d'une union amoureuse lui sont inconnus. C'est lorsque l'âme est réfléchie, qu'elle a senti mille fois combien la félicité humaine est fragile, combien il est facile de la voir échapper, qu'elle fait alors son unique étude de bien conserver ce bonheur qu'on acquiert si difficilement. Recueille-toi, femme pensante, sur ce texte ébauché que mon cœur te présente. Livre-toi sans réserve à l'amour qui te tend les bras, c'est dans cet océan de bonheur inconnu aux mortels ordinaires qu'il faut te jeter les yeux fermés, ton amant est là pour te retenir. Bonjour délices de mon cœur, âme que je révère, traits charmants que j'idolâtre. Je ne te quitte pas, tu me suis partout, fantôme adoré, tu es sans cesse devant mes yeux.

Pierre à Amélie
Lundi soir 1788

Mon dieu ! mon dieu ! restez au lit, ne vous remuez pas, ne sortez pas surtout, je ne veux pas vous voir d'un mois. Je n'ai nul besoin de votre vue, c'est votre santé qu'il me faut… Grand dieu ! de la fièvre, du désordre dans vos idées, cela en met dans ma tête. Eh ! que m'importent les plaisirs et toutes les voluptés de votre commerce, je ne veux plus de tout cela. De toute ma vie je n'y songerai. Voilà pourtant ce qui résulte des amitiés cachées, on est malade et l'on ne se voit pas. Qui est-ce qui vous soigne ? Est-ce quelqu'un capable de me tranquilliser ? Que parlez-vous de mes services ? Êtes-vous folle de me faire de tels radotages ? Je passe ma vie à obliger des ingrats, et la plus intéressante des femmes se croit obligée de se donner pour acquitter sa reconnaissance ! Va, c'est moi qui te dois tout. Je ne veux plus de tout cela. Entendez-vous, chère fille ? Je n'ai nul besoin de femme. Il y a huit ans que je n'en ai plus, que je n'en veux plus, périsse l'amour et ses plaisirs. Si votre santé peut en souffrir la plus légère altération, vous n'êtes plus ma maîtresse, vous êtes ma fille Amélie, j'en ai deux : Eu[génie]… et vous. Envoyez chercher votre sœur cadette, vous êtes dans le même couvent, embrassez-vous toutes deux avec tendresse pour votre bon père. Je me soucie bien de plaisir, c'est le doux remplissage d'un commerce animé entre deux personnes de divers sexes. Âme sublime d'Amélie, daigne correspondre avec mon âme et laisse là mon corps qui ne signifie rien. Ah! mon dieu! J'en deviendrai fol! Tu es malade et je ne te vois point. Sans doute il vous faut de l'argent; ma fille, point de fausse délicatesse, demandez-en à votre père, ou il n'y en aura pas à ma caisse, ou il est tout à ton service. J'avais, je m'étais fait une existence positive, et voilà que je n'ai plus qu'une existence relative à celle de cet enfant-là… Ô femme, si tu n'avais pas une âme, un esprit d'homme, que je serais humilié! Ô petite femme, vous êtes un grand homme. Refais-toi, ne t'épargne rien, je ne suis que ton père, prends un jeune amant si tu en sens le besoin. Ne me parle donc plus de ce que tu as fait pour moi, de ce que j'ai été trop heureux de faire pour toi. Tu nous compromets tous les deux. L'amour seul peut payer l'amour. Le plaisir n'est pas fils de la reconnaissance. Tu ne seras plus tourmentée, et puisque tu as besoin de sentiments doux de la part de celui qui t'aime, tu n'en connaîtras plus d'autre. Ni vous ni moi n'avons plus le corps de notre âme… Anoblissons notre… commerce, femme! Mon âme, épouse ton âme, donne tes charmes au jeune amant qui te plaira, je n'en suis point jaloux pourvu que j'y perde mes droits [*sic*] ; et je n'en serai pas moins ton père soigneux de ton bonheur. Sous un autre rapport, ma fille, ayez bien soin de vous et de vos nouvelles quatre fois par jour.

Pierre à Amélie
1789

Des bulletins de ma main jusqu'à la mort absolue, mon amie, ma beauté, l'âme de ma vie. Je souffre, j'ai tremblé de fièvre, mais ce soir elle est apaisée, sois tranquille. Ne pleure plus, essuie tes charmants yeux. Je t'aime trop pour mourir. Tâche de me lire, car je suis si faible que je ne puis tenir ma plume. Ton amie Génie a raison [trois lignes raturées illisibles] et ne me connaît guère. Je ne suis pas un sphinx, jamais je ne te dévorerai, mon cœur n'est point énigmatique, et je t'aime puisque je le dis. Ton amie doit savoir qu'une âme forte et sensible éprise d'une femme comme toi ne peut plus changer. Hélas! C'est toi qui changeras, car je suis un pauvre amant, mais songe que je t'adore, que je ne puis cesser de t'adorer. Le cœur a mille ressources pour intéresser une femme indulgente. Ma maîtresse, mon ange, je suis à toi pour la vie…

Amélie à Pierre
À 2 h lundi 1789

Tu m'as désolée, mon ange, hier au soir, et laisse là tes regrets sur tes moyens de dix-huit ans, de trente ans, de quarante... La carrière d'un homme comme toi n'est-elle pas toujours superbe à parcourir ? Tous les monuments qui sont sur la route attestent la gloire qui l'attend à la fin. Est-ce physiquement qu'un homme de ton génie veut exister ? Il faudrait que ta maîtresse fût bien vile si plus ou moins de santé chez toi pouvait altérer son amour. Tout ce que tu m'écris ce matin sur ce sujet est une puérilité ! Libertin... car c'est le mot ; et qu'importe la nullité des sens si l'âme est ardente, si elle peut s'élever jusqu'à la hauteur d'un sentiment qui survit à ce plaisir que vous autres hommes déifiez ! Peux-tu souhaiter un plus grand bonheur que celui d'être aimé, *adoré* pour toi-même ? Nous avons éprouvé tout ce qui sépare les amants ordinaires. Les propos de la société, les petites risées des sots, la jalousie de la médiocrité, les basses suspicions des gens sans âmes, l'envie des méchants, les querelles, les reproches, l'excès des jouissances ; notre amour a survécu à tout, donc il est d'une bonne trempe. Sans désirs, sans besoins, nous ne pouvons vivre l'un sans l'autre. Va ! mon étonnant ami, c'est pour jamais ; nos âmes sont l'une à l'autre jusqu'à la mort. Ce sentiment-là est plus fort que toi, que moi, que toutes les choses humaines. Rien ne peut rompre de pareils liens ; le mariage de la nature ne laisse point aux cœurs qu'il a unis le pouvoir de divorcer. Il est des passions éternelles, quoi qu'en disent de lâches philosophes qui n'y comprennent rien parce qu'ils n'ont jamais rien inspiré. Aussi, malgré ta sortie érotique de ce matin… j'espère que tu crois au moral de l'amour et que tu n'es pas étranger à l'étrange manière dont je t'aime. Bonjour, mon bon ami, aimons, vivons, mourons ensemble, et souhaitons le bonheur de nos neveux, car tout ceci me paraît cruellement embrouillé. Si tu as des nouvelles de là-bas, fais-m'en passer.

Amélie à Pierre
Paris, le 12 août 1790

Si j'étais injuste, exigeante, j'en conviendrais, car
j'avoue franchement mes torts ; mais quelle injustice y
a-t-il à trouver cruel de me voir abandonnée pendant
quinze jours parce qu'une femme qui m'a fait vingt
malhonnêtetés, qui m'a repoussée à coups de poings…
passe quelques jours à Paris ? Dois-je l'aimer, l'estimer,
moi ? Dois-je trouver doux, valable qu'on s'excuse sur
l'amitié qu'on a pour elle de me laisser dans un tel
abandon ? Mais il fallait appuyer ce délaissement sur
vos affaires ; quelle maladresse ou quelle cruauté vous
fait motiver ainsi votre longue absence ? L'amitié, la
reconnaissance pourraient trouver tout bon, mais vous
avez voulu que je vous aime, et l'amour, ce sentiment
impérieux, fier, exclusif, n'admet ni tiédeur ni partage.
Enfin, si un autre me captivait, m'enlevait aux
moments que je pourrais vous donner, m'en sauriez-
vous gré ? Aimeriez-vous cet autre ? Et je suis *une
femme ordinaire*, je n'ai qu'un *faux orgueil* parce que je
vous aime jusqu'à la jalousie peut-être. Honteuse de
ces mouvements, ah ! c'est bien malgré moi que je les
montre. Vous me chagrinez. Après, au lieu de me
consoler, vous m'injuriez. Bannie de chez vous, il faut
s'abaisser à craindre, à fuir celle qui m'en chasse. Faut-

il remercier votre Junon de sa constante aigreur contre votre âme ? Au lieu de me plaindre, vous m'accablez de reproches, et je suis injuste… Pour cette fois-ci, c'est vous qui avez raison, je n'ai nulle idée saine sur le bon droit. Pourquoi m'avoir forcée de vous aimer puisque vos entraves étaient rivées de si près ? Je ne le voulais pas, vous le savez bien. Je vous ai dit mille fois que j'étais une maîtresse très dangereuse. Je n'ai pas mis ma possession à prix d'argent, car j'aurais voulu des millions. Je n'ai pas dit non plus donnez-moi du plaisir, c'est tout ce qu'il me faut, mais j'ai mis ma possession au prix d'un sentiment très haut, très exclusif, très extraordinaire ; il faut m'aimer comme m'aime la sublime femme dont vous admirez les lettres, ou comme m'aimait celui qui n'est plus et dont les écrits vous ont aussi charmé[1]. M'aimer d'une manière digne de moi n'est pas une chose aisée. Si vous n'êtes pas capable… de ce sentiment profond, énergique qu'il faut à mon cœur, pourquoi l'avoir montré ? C'est une horreur… Une maîtresse commune, une femme ordinaire pourrait fléchir devant une épouse, mais moi, je dois au moins être consolée de tous les sacrifices que nous sommes forcés de faire à votre position. Tout peut se concilier, et les soins dans votre intérieur, et ceux que vous me devez. Heureuse femme que celle qui a l'honneur d'être la mère de votre fille ; que peut-elle encore m'envier ? Elle voit sans cesse mon amant, elle a la liberté de l'embrasser à toute heure, elle le soigne et vit soignée par lui, elle l'arrache à mon cœur,

---

1. Pontois.

à mes désirs. Je languis loin de vous ; elle jouit du bonheur de vous voir à toutes les heures. Ma délicatesse vous repoussait à cause de ces liens solennels... Vous la mîtes à l'aise, cette juste délicatesse, en me disant vos motifs, vos chagrins domestiques... Ô mon dieu !... que n'ai-je écouté ma conscience plutôt que vos raisons et votre amour. Ô mon dieu, comme mon cœur est navré, humilié de cette position, et quand ce cœur désolé jette près de vous un cri de désespoir, on m'outrage, on m'insulte, on essaye de me ravaler jusqu'aux femmes *ordinaires*. Va ! tu cherches en vain à me détériorer à mes yeux, aux tiens ; mes preuves sont faites. Ma conduite, pure dans ses principes, ne fut celle d'aucune femme, et je verrai toujours loin de moi ce sexe timide que sa faiblesse rend d'une fausseté indigne d'une belle âme. Je le contemple quelquefois dans l'exercice de tous les moyens que la nature et l'éducation lui donnent pour tromper, et le son d'un profond mépris est le seul applaudissement que je donne à ses succès. Si je ne suis pas ce que les conventions appellent une femme vertueuse, je suis sûre de porter un cœur vertueux, et j'ai fait un marché digne d'une âme forte et honnête en troquant des préjugés contre des principes... Adieu, bonsoir, je suis triste à mourir ! Ô mon ami, sauve-moi le tableau de l'amour conjugal de l'engagement fraternel. Si tu *blesses* à la fois ma fière sensibilité et mon noble orgueil, je ne réponds plus de rien.

Amélie à Pierre
4 novembre 1790, 4 heures du soir

C'est Pierre de B. qui ne sait pas où serait le crime d'avoir changé qui dit ingénument : « Suis-je maître d'aimer ou de ne pas aimer ? » Pauvre innocent, je vais donc te faire connaître ce crime que tu n'as pas l'esprit de voir, car, moi, j'ai bien plus d'esprit que Pierre... Le crime ne serait pas d'avoir changé, car on ne change pas toutes les fois qu'on a dans le cœur un très grand sentiment, mais le crime serait de l'avoir fait pour subjuguer une créature noble et sensible qu'on ne pouvait prendre que sous cette forme. Le crime serait d'avoir senti de violents désirs seulement, et s'apercevant qu'ils étaient repoussés par cette créature noble et sensible, d'avoir masqué ces désirs honteux d'un amour vrai, d'une passion profonde, afin d'arriver à les satisfaire pleinement, en joignant l'attrait du plaisir aux jouissances morales qu'une femme aimante fait partager à l'homme qu'elle chérit uniquement, exclusivement. Écoutez donc... ! Ceci devient effrayant. Si c'était là votre petite méthode, et qu'un jour votre dupe devînt votre victime ? Pierre a tout l'esprit qu'il faut pour jouer son cœur, toute l'ardeur d'imagination nécessaire pour simuler une passion réelle ; l'effet est toujours le même et la cause impénétrable avec un

homme adroit. Et voilà ce qu'a craint mon amie, ce
qui lui faisait dire que vous étiez un sphinx ; voilà ce
que mes amis, dans leur sollicitude pour moi, m'ont
fait entendre. Convenez donc, à présent, qu'il y aurait
un crime sans rémission si vous n'aviez eu pour moi
qu'un emportement des sens, comme pour les mille et
une femmes que vous avez trompées, et que vous eussiez montré cet amour sublime, profond, éternel que
tes lettres peignent si bien, et dont tu ne serais pas
capable. Crois-tu que tu puisses cesser d'aimer ta fille ?
Eh bien, on aime mieux son amante que sa fille, si l'on
sait aimer son amante ! Et quant à moi, mon fils me
serait bien moins cher que toi certainement. Mais
qu'est-ce qu'ils veulent dire, ces lâches prétendus philosophes, avec un amour qui finit ; c'est le contraire de
l'amour qu'un sentiment qui peut avoir un terme !
Comment ? l'amitié, l'amour paternel ne finissent
point, et le premier sentiment de la nature, ce sentiment sublime qui unit deux êtres par les rapports des
goûts, des caractères par l'analogie des âmes, par
l'amour intime des cœurs et des sexes pourrait finir ?
Ah ! que le ciel confonde les impertinents raisonneurs
qui radotent d'une manière si décourageante pour les
âmes pures et sensibles. Au reste, si tu as été le scélérat
en amour, le sphinx prédit par mon amie, tu n'as plus
qu'à frémir sur les progrès que tu as si bien exécutés, tu
n'as plus qu'à pleurer tes succès auprès de moi, qu'à
ménager ma vie comme un homme honnête et compa-
tissant. Tu ne peux dire que je t'ai trompé, je me suis
défendue moralement tant que je l'ai pu. Je t'ai mandé
qu'on ne possédait mon âme *qu'à des conditions*

terribles; tu sais ta réponse à ces mots importants. Qui n'eût été pénétré de cette réponse de feu? Qui aurait pu s'en méfier? Je me suis abandonnée! Je t'adore... et je t'adorerai toujours, et ma vie serait un jour en danger pour t'avoir cru!... Et je payerais de mon malheur éternel le bonheur que j'ai voulu te procurer? Ah! ce serait une horreur qui rejaillirait sur ton inconstance. J'eus à ce sujet une drôle de conversation dans ton jardin avec ta nièce... un de tes amis me disait... *« ah! c'est un gaillard bien calculé, il vous mènera loin, j'ai vu entre les mains de plusieurs femmes des lettres remplies de passion, ce sont des lettres circulaires... »*

L'homme qui me parlait croit vous connaître, et c'est un roué qui a beaucoup d'esprit... S'il dit vrai, je suis perdue... Mon âme, entraînée vers la tienne, ne peut plus te quitter, et je serai ton amante tant que tu vivras, ou je mourrai ta déplorable victime. Si tu as voulu ruser avec moi, parce que l'expérience que tu as des femmes te fait penser qu'il n'y en avait point qui fussent capables d'affection profonde, tu es presque à plaindre, car, n'étant pas méchant, tu voudras me sauver, et te voilà réduit à des soins monotones et fastidieux si l'amour ne les rend plus. Les femmes subalternes, avec lesquelles tu as trop vécu, t'ont donné mauvaise opinion de toutes... Hélas! Fort peu sont, en effet, dignes d'un homme qui pense; mais la loi est égale entre les deux sexes, il y a bien peu d'hommes dignes d'une femme qui pense. Si pour ton malheur tu as rencontré la chose la plus rare, une femme fidèle et constante, ami, ne la tue pas. Effrayée de ma passion pour toi, j'ai voulu la vaincre; je ne l'ai pu… Tâche au moins de compatir aux maux que tu as faits. Surtout, ménage ta santé, j'ai de fortes raisons pour penser que tu as besoin de repos, et moi je n'ai nul besoin de plaisir. Tout cet emportement de ma part n'a de vrai que le désir de te plaire… Va, tu es bien loin de me voir ce que je suis. Enfin, ton malheur en 89 venait de ce que je ne t'aimais pas assez. En 90, c'est l'excès de ma tendresse qui te tourmente. Je tâcherai de te donner une singulière preuve de cet amour qui finira par creuser mon tombeau… c'est d'essayer de t'aimer assez pour t'aimer moins. Oui, je tâcherai… Ah! mon dieu, nos beaux jours sont-ils déjà finis? Ah! que tu me causeras de chagrins, que faire pour diminuer ce pouvoir que tu as sur moi? Commettre un forfait, être infidèle et méprisable… Eh bien, je me connais… Une distraction même ne me guérirait pas, et j'aurais à joindre aux horreurs d'une passion malheureuse le remords d'une grande faute… Ah! Pierre, sauve-moi… ton abandon, tes négligences peuvent me mener à tout. Vois-tu, la plus fière et la plus sensible des femmes ne survivrait pas à ton inconstance, et l'habitude d'être idolâtrée m'a rendue trop délicate en amour pour qu'une perfidie de ta part n'ait pas des suites funestes. Adieu, mes beaux jours sont finis, je ne fais plus que pleurer.

Amélie à Pierre
Vendredi 9 h du soir 20 novembre 1790

J'ai rassemblé depuis quarante-huit heures les forces qui peuvent rester à une créature faible, qui souffre depuis vingt-cinq ans, pour tâcher de répondre à votre billet d'hier et à celui d'aujourd'hui avec la liberté d'esprit nécessaire aux graves objets que je veux traiter avec vous. Je ne vous rabâcherai pas les détails de ma triste vie, de mes malheurs, vous les savez assez. Je ne vous répéterai point que je vous aime, vous ne le savez que trop. Il s'agit de discuter un point délicat qui met en souffrance mon honneur et ma sensibilité, je ne vous avais point dit de venir dîner avec moi. J'avais fait une simple observation sur ce qu'il pouvait résulter pour vos entours de l'insouciance que vous mettez à venir ou ne pas venir chez moi. Cette observation était accompagnée des marques ordinaires d'une tendresse qui ne finira qu'avec moi. Un billet brutal, impoli a été votre réponse. Par où l'avais-je mérité? Quand j'attendais des consolations, vous avez tourné le poignard dans mon cœur. Voilà pour hier. Aujourd'hui, renégat de la religion que vous professiez il y a trois ans, vous ne voulez plus de sentiments exclusifs. Je suis à présent une *créature romanesque* parce que j'aime avec abandon, avec transport, avec pureté. Je n'ai

71

jamais connu qu'une manière d'existence morale, je méprise tout ce que le commun des hommes estime : mépris des richesses, des plaisirs frivoles, du faste, des dignités, enfin de tout ce qui flatte leur goût par vanité ou par intérêt, et la place que tout cela occupe dans le cœur des autres est remplie chez moi par un désir insatiable d'aimer ou d'être aimée. Tout y prend naissance de cette source, mes sentiments n'ont d'autre règle, d'autre mesure que ce besoin impérieux. Hélas ! j'aurais été bien malheureuse si la nature qui me donna des inclinations si tendres m'avait refusé les charmes qui séduisent, les qualités qui attachent. Si j'ai quelquefois paru trop flattée de la beauté qu'on vantait chez moi, ce service qu'elle me rendait est le seul prix que j'y attachais. Mais plus j'ai mis d'importance à l'amour, plus il a fallu que mon amour fût digne de celui dont j'étais capable. Car cet amour me tenait lieu de tout. Quand la multitude m'accusait, je me sauvais dans son cœur, son estime était mon juge suprême. Vous avez sur cela, mon cher B., rempli trois ans la chimère de ma vie. Si je vous avais dit, il y a trois ans, que vous étiez *romanesque* quand vous vouliez me fuir parce que vous m'aimiez trop, quand vous pleuriez à mes pieds, vous m'auriez cru la plus ingrate, la plus insensible des femmes. Je ne suis devenue *romanesque* que parce que vous avez cessé d'être amoureux. Je suis confondue, assimilée par celui qui m'avait distinguée. Je suis la seconde, la troisième, la millième affection de son cœur. Ma fierté, ma sensibilité ne peuvent supporter un tel partage. Je suis malheureuse dans mon amour, dans ma position. Vous pouvez faire ce que

vous appelez vos devoirs et m'apporter les consolations
de l'amour et de l'amitié, et cela ne vous rendrait ni
injuste ni malhonnête, il ne faut point avoir de liaison
de cœur hors de l'ordre social, à la bonne heure ! Est-
ce moi qui vous ai dit : *aimez-moi* ? Plus noble que
vous, je puis tout sacrifier au devoir. Vous le savez
bien que je suis capable de courage et de vertu ; vous
savez ce que je suis, ce que je sens, comme moi-même.
Si j'avais voulu prendre un emploi dans les grandes
comédies de ce monde, j'aurais réussi tout comme une
autre, mais j'ai vu que les intérêts qui paraissaient les
plus nobles en apparence étaient presque toujours
déshonorés par le motif. J'ai vu qu'il fallait avoir un
esprit serf, un cœur souple, une âme ordinaire pour
remplir ce qu'on appelle une place dans la société.
Mon mariage, d'ailleurs, et ma sensibilité ont détruit
mon existence politique. Je me suis vouée à l'amour, il
m'a rendue bien misérable. Qu'est-ce que de l'esprit,
de la figure, des talents, une âme élevée quand on est
pauvre, toujours humiliée, rebutée, confondue ? Voilà
mon sort. Si vous n'étiez que mon ami, votre conduite
serait fort bien, mais d'un amour, elle est odieuse. Ma
possession mérite l'abandon entier de l'amour auquel
je me livre, vous avez trop d'intermédiaires entre votre
cœur et celui de votre amante. Eh bien ! Soyons tout à
fait grands, à ce titre, renoncez à moi, je ne descendrai
jamais à être une affection secondaire dans le cœur de
mon amour, à n'être qu'une maîtresse en sous-ordre.
Je vous ai dit cent fois… que l'excès seul des passions les ennoblissait. Sans cet abandon total, ce n'est
plus qu'une petite intrigue bien dégoûtante, bien

subalterne, et une telle intrigue déshonore des gens de notre ordre. Vous vous plaignez sans cesse de la publicité de notre liaison, c'est que vous n'avez pas la conscience d'un grand sentiment. Soyez sûr que la passion est bien médiocre si les précautions enchaînent tous les transports. D'ailleurs, moi, je ne rougis pas de vous aimer, parce que mon affection pour vous est pure. Elle vous expose, dites-vous, à une censure rigoureuse, eh bien ! je vous le répète, renonçons à tout cela. Vous parûtes éperdument amoureux de moi, j'eus le tort d'y croire, je supposais vos devoirs moins étendus, votre position plus libre, enfin je croyais que vous pouviez être *réellement* à moi, vous me l'aviez dit, écrit tant de fois… Vous vous êtes trompé, vous m'avez trompée ! Trop chère illusion, que vous me coûterez cher… en vous perdant, je perds tout… L'horreur de mon sort, c'est que l'amour dont j'ai tant à me plaindre est le bienfaiteur dont je dois me louer. Mon noble ami, soyons tout à fait à la hauteur où nous pouvons atteindre, ne soyez pas généreux à demi. Sauvez une malheureuse femme de l'indigence sans exiger rien d'elle. Donnez-moi les moyens d'aller au fond d'une province vivre d'une manière digne de moi. Ne soyez que *scélérat en amour*, faites d'ailleurs votre devoir d'ami, de père, d'honnête homme envers moi, votre délicatesse aurait déjà dû m'affranchir… Je puis faire mon devoir aussi. Aidez-moi de vos conseils, de votre amitié, tout sera noble de cette manière, rendez mon sort indépendant et stable. Si peu que j'aie pour soutenir les jours de ma malheureuse mère, je vous bénis à jamais… Vous n'avez plus un brin d'amour dans le cœur pour moi, l'attrait seul du plaisir vous attire vers ma personne, j'en suis humiliée. Ah! l'amour est la première affaire de la vie ou en est la honte. Je ne descendrai pas à n'être que l'objet d'un désir, d'un vil besoin… Oh! non… non… plutôt déchirer la terre avec mes mains ensanglantées par un travail grossier. Amélie est misérable, mais elle est grande, et comme vous disiez une fois, *cette femme en miniature avec ses idées de vingt pieds*, eh bien, cette femme-là doit régner sur l'âme de son amant… Ô, je préférerais cent fois la mort à un rôle avilissant! Prenez, mon ami, de ces créatures gaies et dansantes à volonté que l'on paye et que l'on méprise à raison, de ces créatures qui disent «je vous aime» à toutes les phrases, et secourez généreusement une pauvre malheureuse, une noble infortunée qui ne sait pas ce métier-là.

Amélie à Pierre
Vendredi soir 29 juillet 1791

Je ne vous ennuierai plus, mon cher B., de la peinture des maux que me fit souffrir un sentiment auquel ma raison et le soin de ma vie m'ont forcée de renoncer. Vous n'entendez rien à ces sentiments cruels, vous les appelez *mes beaux grands sentiments*. Ils ont pensé me faire mourir, c'en est assez pour faire tomber l'ironie avec laquelle vous voulez en parler, votre amour est dans vos sens, le mien n'est que dans mon cœur. Si je perds plus que vous, B., en perdant mon amour, croyez que c'est le plus grand des supplices pour une femme sensible que de se voir réduite à renoncer à la première affection de son être. Oui, j'ai encore assez bonne opinion de vous pour être sûre que si vous aviez pu comprendre la moitié des tourments que vous m'avez causés, vous m'auriez ménagée davantage. Vous avez des sensations vives et momentanées, moi, je ne me nourris que de ma tendresse, je ne vis que pour elle. Mon pauvre ami, vous êtes incapable d'un véritable amour, vous le profanez, ce sentiment unique d'une nature divine. Votre esprit en parle à merveille quand vos sens se soulèvent, tout cela n'est pas l'amour. Je vous renvoie à mon essai sur cette passion pour que vous en appreniez au moins la théorie et que vous compreniez comme elle est sentie par les âmes qui la déifient. Mais pour ne point s'aimer, faut-il qu'on se haïsse ?

Si je n'ai point été chez vous ce soir, comme vous le souhaitiez, croyez qu'il n'y a eu ni rumeur ni feinte rancune dans le refus que j'en ai fait à votre laquais, mais j'ai trouvé que pour un homme si délicat sur l'article de la décence et de tout ce qui peut compromettre sa maison, il n'était rien moins que décent de prendre juste le moment où votre femme n'y était pas pour recevoir celle qui fut votre maîtresse, et que c'était bien cela qui blessait tout ce que l'on doit d'égards aux mœurs austères qui règnent dans vos foyers. Mme de B[eaumarch]ais nous aurait justement accusés de mettre à profit ses moments d'absence, et ni vous ni moi ne devons tomber dans un tel égarement. Je sens bien que c'est un moment d'amour à votre manière qui vous faisait me demander. De cet amour-là, je n'en veux point… Si vous vouliez me voir ce soir, il fallait vous détacher de l'admiration des points de vue de votre parc[1] et venir me chercher dans mon modeste appartement. Une visite chez moi était placée, une de moi chez vous, votre femme n'y étant pas, blessait des bienséances que vous m'avez trop appris à respecter pour y manquer. Jamais je n'essuierai plus vos reproches sur cela, ma pauvre âme toute navrée s'est relevée bien haut… vous ne l'avilirez plus. Elle fut l'esclave de

---

1. Beaumarchais avait fait aménager un jardin anglo-chinois autour du somptueux hôtel dans lequel il s'était installé depuis peu.

l'amour le plus violent, le plus pur, pour l'homme qui le sentait le moins. Traînée dans la boue par sa position, par mille et une choses que vous n'avez pas su sentir, victimée dans sa passion pour vous... Oh mon dieu ! je vous dis que vous ne comprendrez jamais l'excès de ma souffrance. Je vous pardonne, B[eaumarch]ais. Le cœur d'une femme vraiment sensible est le chef-d'œuvre de la nature bien organisée. Ce cœur fut à vous, vous n'en avez pas senti le prix, vous avez tué l'amour dans ce cœur ardent et trop sensible. Si son cadavre ne m'empoisonne pas, je vous montrerai mon caractère dans toute sa dignité. Quant à vos lettres, vous ne les aurez jamais, j'en ai assez pour faire un drap de mort. Je les ferai coudre ensemble, on m'ensevelira dedans ou vous viendrez les chercher dans ma bière. Vous perdez plus que moi peut-être en perdant une âme comme la mienne, cruel homme... Mais c'est fini, n'en parlons plus. Aimez votre fille, aimez votre épouse, que leurs portraits placés au chevet de votre lit entretiennent ces douces affections dans votre âme, vous donnent des nuits paisibles. Amélie, trop fière, trop sensible pour être une affection secondaire dans le cœur de son amant, vivra pour l'amitié, pour s'occuper des grands devoirs qu'elle a à remplir sur terre. Dès que sa position lui permettra d'avoir une métairie, elle ira s'y renfermer avec sa pauvre mère et son enfant d'adoption. Elle se souviendra avec orgueil et amertume que vous l'aimâtes un moment avec l'apparence d'un grand sentiment ; elle n'oubliera rien... et formera partout des vœux pour un homme qu'elle aime follement, pour un homme dont l'étonnant esprit a peut-être corrompu le cœur. Bonsoir Pierre, dormez en paix, soyez heureux. Quel petit accessoire j'étais à votre bonheur ! Puisse tout ce qui vous entoure vous en procurer un parfait.

Amélie à Pierre
Paris, le 12 septembre 1791

Quoique votre lettre d'hier, mon cher B., contienne encore beaucoup d'expressions qui ne me conviennent pas, il y en a d'autres qui me touchent, qui pourraient me laisser entrevoir que vous m'aimez peut-être plus que je ne crois, et peut-être plus que vous ne croyez vous-même. Quoi qu'il en soit, mon pauvre ami, je ne puis faire renaître dans mon cœur un amour que vous avez fait envoler à force de le blesser, que vous appeliez, avec une amère ironie, *mes beaux grands sentiments*. Vous auriez pu me ménager davantage tout en rendant à chacun, à chacune, ce que vous lui deviez. Vous ne l'avez pas fait ; j'ai bu le calice jusqu'à la lie ; il a pensé m'empoisonner. Je n'avais presque plus d'existence quand je me sauvai dans cet asile de paix, le lendemain du jour où vous me fîtes une scène si horrible. Et ce fut dans un lieu consacré à l'amour que vous maltraitâtes l'objet infortuné qui vous en avait inspiré, que vous vîtes à vos pieds la plus malheureuse des femmes vous demandant d'un ton douloureusement solennel du pain pour sa mère infortunée, que vous la repoussâtes durement, que vous vomîtes des horreurs sur mon étonnante amie, sur mes honnêtes amis que je vous peignais inquiets de ma destinée. Oh jamais, jamais ce jour de larmes et d'opprobre pour vous et pour moi ne sortira de ma mémoire ! Quand on revient des portes de la mort, on est trop désabusée pour se laisser encore surprendre aux douces illusions qui ont eu de si funestes suites. Vous n'avez nulle idée du cœur d'une femme honnête, sensible et délicate. Vous avez connu tant d'honnêtes femmes qu'elles vous ont donné des préventions terribles contre le sexe entier. Hélas ! à force de me méconnaître, vous m'avez rendue à moi-même, mais en cessant d'avoir de l'amour pour vous, je n'ai pas cessé de vous aimer. Il a succédé à cet amour effréné une amitié forte et généreuse qui ne vous quittera jamais. Et pour vous prouver que j'ai plus de sensibilité que d'orgueil, si ma possession pouvait réellement faire votre bonheur, je vous l'offrirais encore. Persuadée, mon bon ami, que votre santé a besoin du plus grand repos, que vous vous tuez toutes les fois que vous faites usage de vos facultés physiques, je vous engage à calmer votre tête sur cet objet. Vous êtes blasé, B[eaumarch]ais, parce que vous fûtes trop avide de jouissances matérielles. Quand les sens s'exaltent à ce point, ils absorbent les nobles, les douces affections de l'âme. Les lettres dont je me suis toujours plainte[1], et qui vous ont fait tant de fois m'appeler *bégueule…*, sont le dernier terme de

---

1. Amélie en parle plus amplement dans son écrit du 20 septembre 1792 (cf. p. 88). Ces lettres ne figurent pas dans notre manuscrit, mais on peut avoir une idée de leur style par la dernière lettre de Beaumarchais et par les notes qu'il ajoute à la dernière d'Amélie : cf. pp. 114-128.

la débauche, et la première marque de la dépravation de l'âme… Ce bon J.J. Rousseau, tant persécuté, tant calomnié, sensible jusqu'à l'épiderme, ce J.J. qui sera éternellement le dieu des cœurs tendres avait en horreur tous les écrits qui peignaient ce désordre des sens. « J'ignorais, vous dit-il, que rien n'est moins tendre qu'un libertin, que l'amour n'est pas plus connu d'un débauché que des femmes de mauvaise vie, que la crapule endurcit le cœur, rend ceux qui s'y livrent impudents, grossiers, brutaux, cruels, que leur sang appauvri, dépouillé de cet esprit de vie, qui du cœur porte au cerveau ces charmantes images d'où naît l'ivresse de l'amour, ne leur donne par l'habitude que les âcres picotements du besoin sans y joindre ces douces impressions qui rendent la sensualité aussi tendre que vive. Qu'on me montre une lettre d'amour d'une main inconnue, je suis assuré de connaître à la lecture si celui qui l'écrit a des mœurs. Ce n'est qu'aux yeux de ceux qui en ont que les femmes peuvent briller de ces charmes touchants et chastes qui seuls font le délire des cœurs vraiment amoureux. Les débauchés ne voient en elles que des instruments de plaisir qui leur sont aussi méprisables que nécessaires. »

Il a raison J.J. et je défie tous les coureurs de filles d'écrire jamais une lettre de Saint-Preux à Julie, et Pierre sait bien que rien n'est si loin de l'amour que le libertinage, et je n'ai plus osé croire à l'amour de Pierre dès qu'il cessa de respecter son amante… et qu'il la soumit à dire, à écrire d'un style qui dégoûtait à la fois l'amour et la délicatesse et la pudeur. Combien de fois je baignai de pleurs ces lettres faites pour un amour détérioré dont l'amour rougissait. Mais je vous aimais, et je sentis que vous m'échapperiez si je ne répondais pas à vos goûts, et tout en frémissant… j'obéissais, et l'amour honteux se réfugiait au fond de mon âme quand ma plume profanait son culte divin. Car l'amour est pur… et ce petit grain de libertinage dont vous parlez ne va bien qu'entre deux amants livrés, abandonnés l'un à l'autre dans des moments de bonheur. Sous le voile de l'amour, tout est sacré parce que son ardeur épure tout, mais travailler à froid les expressions que le délire de l'amour n'excuse plus, se monter la tête en vilainie pour obtenir une secousse des sens, oui, je le répète pour la millième fois, c'est une horreur… Hélas ! J'eus la faiblesse de répondre à ces horreurs… Il fallait vous remuer l'imagination pour vous plaire. Mais je ne vous en estimais pas davantage, et peut-être ce commerce qui blessait l'honnêteté, la sensibilité a-t-il commencé par altérer mon amour pour vous, a-t-il même fait sur vous l'effet contraire à celui que vous en attendiez. Mais le libertinage est à l'amour ce que les épices sont au goût le plus délicat, et vous savez que le piment émousse le palais.

Que direz-vous pour dégrader l'amour effréné que j'eus pour vous ? Que je voulais l'aisance que votre fortune pouvait me donner… En réfléchissant à tous les dangers auxquels je m'exposais en vous aimant, je répondrais comme ce grenadier français qui gardait un poste périlleux, et à qui l'on offrait une récompense pécuniaire… « mon général, on ne va pas là pour de l'argent ».

Soyez sage, B[eaumarch]ais, il en est temps, l'amitié, la nature, la fortune, votre génie, que de dédommagements de tous ces vains plaisirs destructeurs du repos, de l'honneur et de la santé. J'ai vingt-deux ans de moins que vous, je vous donnerai tant que vous voudrez l'exemple des privations sur cela : vivez pour la vertu, pour les attachements respectables. Votre sœur est une femme de mérite (ses torts avec moi ne m'empêchent pas d'en convenir). Devenez son intime ami, ayez plus d'expression avec elle, votre réserve l'afflige. Votre femme a beaucoup d'esprit, si elle avait pu m'aimer, je l'aurais chérie de bonne foi, car la grandeur d'âme me ravit, me captive, mais elle est trop femme pour m'aimer jamais. Enfin, ce n'est pas ma faute, j'ai fait ce que j'ai pu... Vous idolâtrez votre fille qui possède un talent charmant. Amélie, simple et bonne, vous aime de tout son cœur, que vous manque-t-il donc ? Si vous avez le courage et la raison de composer votre bonheur de tout ce qui doit faire celui d'un homme de votre âge... vous serez très heureux si vous voulez. Soyez réellement grand, mon Pierre, en vivant pour la vertu, pour des affections pures, faites de bonnes œuvres, de belles actions, on ne vit bien qu'avec son cœur, daignez accueillir mes conseils, approuver le plan d'existence que je vous offre, et vous verrez encore des fleurs sur la route de votre vie se mêler aux lauriers que vos talents et votre génie vous ont fait remporter. Et peut-être, si vous regardez derrière vous, vous ne serez pas si content du chemin que vous avez fait que de celui qui vous reste à faire...

Dernier écrit très essentiel d'Amélie à Pierre

Res sacra miser

Ô vous, Pierre A. C. Beaumarchais, que je fais l'arbitre de cet écrit, son auteur infortuné vous conjure, et par vos entrailles humaines, et par la peine qu'il a sentie en l'écrivant, de le lire jusqu'à la fin avec une scrupuleuse attention, et de n'en disposer qu'après l'avoir lu tout entier. Songez que cette grâce que vous demande un cœur brisé de douleur est un devoir d'équité que le ciel vous impose. Songez surtout que si vous refusez de lire ce manuscrit, son auteur, au désespoir, jure de le faire imprimer et publier par tout Paris.

Vitam impendere vero.

Au citoyen Pierre Augustin Caron B[eaumarch]ais
Le 20 septembre 1792
Par Mme Durand Rouvet dite de La Morinaie

Tous les supplices ont leur terme ; le malheureux qui voit l'échafaud sur lequel on le conduit est à la fin du sien. Moi seule ne puis obtenir depuis six mois la vie ou la mort. Il faut pourtant que cela finisse. Souffrez, Monsieur, une dernière explication par écrit, puisque vous refusez obstinément de m'entendre en face. Si je suis lourde dans le style, longue dans les détails, prenez patience, c'est le dernier écrit important que vous recevrez de moi, et je ne vous demande pour prix du malheur de ma vie, que vous avez fait si légèrement, que de me lire pour la dernière fois avec toute l'attention dont vous êtes susceptible !

Arrivée à Paris malheureuse et malade à la fin d'août 1787, inquiète pour des jours qui m'étaient sacrés, ceux de ma mère, sans ressource du côté de mon époux dont les affaires étaient dérangées, j'étais dans cet état cruel pour une âme honnête, fière et sensible qui se voit tyrannisée par l'impérieuse nécessité. J'étais réduite à implorer des secours. Mon bienfaiteur ne pouvait être un homme ordinaire, il fallait un dieu pour me sauver. Je vous écrivis ma première lettre le 29 septembre 1787. Je vous confiai ma peine, celle des miens, je me jetais avec la confiance d'une belle âme à travers la sensibilité de la vôtre. Je n'invoquais que votre bon cœur. Je vous disais franchement « vous avez deux réputations, c'est à la bonne que je m'adresse », je voulais vous intéresser et non pas vous séduire. C'est de toute vérité. J'avais fait la douloureuse épreuve d'une grande passion, j'en avais pensé mourir. La distance de nos âges me rassura sur le sentiment que je pouvais prendre pour vous. Je vous savais d'ailleurs l'amant le moins constant, je ne vous le cachais pas. Vous débutâtes noblement avec moi, vous vîntes à mon secours avec générosité et simplesse, vous gagnâtes mon estime. Bientôt, vous me montrâtes des désirs offensants pour une femme honnête et délicate quand le sentiment ne les précède pas. Je me fâchai. Alors, vous changeâtes de batterie et vous essayâtes d'avoir l'air véritablement amoureux. Je me troublais, mais comme vous m'étiez suspect en amour, pourtant *je résistais*, je *raisonnais*, vous en convenez dans toutes vos lettres, plus je raisonnais, plus votre insatiable vanité s'attachait à me vaincre moralement. Je vous offris de l'amitié, de la reconnaissance, vous repoussâtes cet hommage de mon cœur et de ma raison. À force d'adresse, vous parvîntes à me faire croire à une grande passion, à une passion vraie. Vous me dîtes, m'écrivîtes, que vous *n'aviez jamais aimé réellement que moi, que j'étais la chimère de votre vie*. Mon imbécile sensibilité crut bonnement tout cela, mon cœur s'échappait, mon dernier cri fut… *on ne possède mon âme qu'à des conditions terribles, songez-y… !* Vous vous souvenez de la réponse que vous fîtes à cette phrase qui aurait dû vous faire frémir sur les suites d'un lien avec moi, ma délicatesse opposa même ceux d'époux que vous aviez contractés pour rendre à votre fille une existence sociale. Vous m'écrivîtes de manière à me rassurer sur cela, et je ne vis plus en vous qu'un honnête homme qui s'était exécuté par honneur pour son enfant, et qui aurait le courage de n'être l'époux que de celle qu'il aimait[1]. Je n'écoutais plus que ma sensibilité, que le bonheur de faire éternellement celui d'un homme comme vous. J'étais malheureuse, vous m'aviez rendu service ; j'étais sensible, vous paraissiez m'aimer ; je vous crus digne

---

1. Cf. p. 41.

d'être à la fois mon ami, mon bienfaiteur et mon amant. Je trouvai doux, glorieux, de vous honorer à tous ces titres. Toutes les préventions que j'avais contre vous s'évanouirent et je vous crus un dieu exilé sur terre. Ce que votre esprit enchanteur savait dire, je le pris pour l'expression d'un amour vrai. L'emportement de vos sens me parut le transport de votre âme. Enfin, vous couvrîtes le précipice de fleurs ; j'y tombai. En vain mes amis me répétèrent-ils cent fois que vous me causeriez des chagrins mortels, en vain mon étonnante amie me prédit-elle le sphinx qui devait me dévorer si je ne devinais pas l'énigme de son cœur. Je n'écoutai rien, je ne sus que me livrer à tout l'amour que l'on pouvait sentir pour vous. Et comme rien ne vous ressemble, rien aussi ne ressemble à ce que vous inspirez... Je devins folle, je vous aimais éperdument, exclusivement... persuadée que cette passion dans nos âmes était sans terme, comme sans bornes. C'était vrai pour moi. Trois ans ont fermé le cercle de ma félicité. À la fin de 1790, je m'aperçus que je n'étais plus pour vous qu'une machine à sens. Votre style s'était souillé, vous aviez exigé que je prisse le même. L'amour qui fait tout faire aux femmes me fit obéir à vos goûts : j'eus le tort de répondre à des épîtres que j'appelais justement des *tibériades*[1], cette complaisance de ma part est le repentir de ma vie entière. Ce ton-là devait effaroucher l'amour, aussi n'ai-je pu croire au vôtre d'après cette profanation. Vos négligences perpé-

---

1. Tibériade : sodomisation. De l'empereur Tibère, dont on connaît le penchant pour cette pratique.

tuelles, le sang-froid barbare avec lequel vous contem-
pliez mon affreux avenir, vos scènes quand je vous
parlais de mes inquiétudes sur le sort de ma malheureuse mère, le refus que vous m'aviez toujours fait
d'ennoblir notre union par un gage de notre amour…
un amant calculé jusque dans mes bras!… Tout me
faisait dire à chaque minute «il ne m'aime pas!» À
force de me répéter ces mots homicides pour tout
mon être, je parvins presque à me tuer. Je tombai
dans le marasme. Mes amis, votre famille m'ont vue
mourante à la fin de 1790. Je fus trois mois entre la
vie et la mort, vous le vîtes assez tranquillement (s'il
faut vous rendre justice). Pourtant, ce fut à cette
époque que vous eûtes le courage de me faire entrer
chez vous. J'avais espéré que mes soins près de vos
entours finiraient par être agréables. Par tendresse, par
respect pour vous, je me suis abaissée à tout, et rien
n'a réussi. Leur jalousie n'ayant plus d'autre ressource
pour me bannir de chez vous que de me calomnier, et
d'allumer cet affreux sentiment dans votre âme, elles
l'ont fait; vous êtes leur *dupe* et non la mienne. Elles
ont fait leur métier de *femmelettes* de prendre tous les
moyens possibles pour éloigner d'elles une figure qui
les offusquait. Moi, je fais mon devoir de femme bien
supérieure à elles de les mépriser et de leur pardonner
d'avoir assassiné mon existence dans tous les points et
dans tous les détails.

Ne voulant jamais usurper une opinion, un sentiment dans l'âme de qui que ce soit, j'avais commencé
par vous faire mon historique sans réticence. Je vous
avais avoué mes sottises, mes torts, je vous avais

montré les défauts de mon caractère, les vertus de mon cœur, les étourderies de ma tête, les beaux traits de mon âme, je ne vous trompai sur rien. Je ne fus heureuse par vous que trois ans. Vous savez que mes chagrins commencèrent à la fin de 1790. Qu'avais-je fait alors pour être des quinze jours sans vous voir ? Je pensai me tuer un jour à vos pieds, après, je pensai mourir de douleur. Depuis deux ans, c'était des scènes affreuses, des brusqueries indécentes, chez vous, chez moi, devant mes amis, devant ma mère même que, sans respect pour sa misère et son âge, vous humiliez en maltraitant sa malheureuse fille devant elle. Ah ! comme vous et vos amis m'avez fait boire jusqu'à la lie l'opprobre de l'infortune. Je vous aimais, j'avais la conscience de mon sentiment, il m'était affreux de le voir dégradé. Tous les jours vous détruisiez mes illusions, en les détruisant vous sembliez m'avilir. Vous avez comblé la mesure de vos torts en m'écrivant quatre pages d'injures, et cela parce que j'avais trouvé mauvais que vous me prissiez pour la confidente des roueries de votre jeunesse… Oui… berner, offenser un pauvre mari en face… *c'est du désordre sans amour et de l'audace sans énergie*… J'avais raison, et c'est parce que j'avais raison… que vous vous êtes tant fâché. Vous ne voulez pas qu'on vous montre une âme supérieure à la vôtre, et c'est la dignité de mon commerce qui nous a séparés, comme vous le dites vous-même au milieu de vos injures. Ah ! celle qui vous fut fidèle quatre ans et demi méritait votre éternel respect, votre parfaite estime. Pour être votre amante, il ne fallait avoir qu'un amour moral dans le cœur… et je l'avais, et peu m'importait que vous ne fussiez plus le jeune amant qui dépensait le plaisir à son gré. Vos regrets sur cela me faisaient pitié, vos conseils de prendre un amant de mon âge me paraissaient un délire. Ah! bon dieu, disais-je, il croit donc que l'amour ne suffit pas au bonheur. Aucune femme ne se passe plus aisément que moi de ce plaisir que vous déifiez, vous autres gens grossiers, qui en amour ne connaissez que vos sens. Le plaisir d'en donner est le plus grand de tous, et je crois en vérité que c'est positivement parce que mon sacrifice eût été fort peu de chose que je n'ai pas mis assez d'importance à ces vertus de mon sexe qui ne peuvent être honorées du nom de *vertu* que quand le sacrifice coûte quelque chose. Continence, abstinence même, je m'arrange fort bien de tout cela, et sans le bonheur moral attaché à procurer ce que les hommes appellent du bonheur, je pouvais être sage. C'est ma sensibilité qui m'égarait et non mes sens. Quand j'aime, je deviens sévère parce que j'ai dans le cœur la probité d'un honnête homme et que, ma possession ne m'appartenant plus, l'adultère de l'amour me fait horreur et qu'il me semble que, si c'est le comble de l'héroïsme que d'être fidèle à ce qu'on n'aime pas, c'est le comble de la dépravation d'être infidèle à ce qu'on aime. Mon seul tort est d'avoir éternellement cru que l'amour et la vertu pouvaient s'allier. Forte de mon sentiment, de la pureté de mon âme, je me croyais encore faite pour être honorée. Dès que j'étais fidèle à ce que j'aimais, et que ce mariage naturel sacré pour mon cœur obtenait de moi le respect profond que j'aurais porté à l'hymen sanctionné par la loi si j'eusse choisi mon époux, je me disais : mes vertus sont *réelles*, elles n'ont qu'un défaut de forme. J'avais trop généralisé des idées philosophiques, voilà tout, et les hommes sont trop corrompus pour s'élever à estimer une femme qui n'a que des principes : il leur faut des préjugés, une manière routinière. Eh bien ! je l'aurai : je vais me réunir à mon mari, ma conduite sera celle d'une bonne et honnête femme, car l'honneur consiste à ne tromper personne, mais surtout l'honneur défend de faire jouer à mon mari l'infâme emploi d'époux commode, et l'homme qui se targue du beau titre de philosophe, parce qu'il voit tranquillement conspuer sa maison par les désordres d'une femme sans pudeur, ne fait qu'une lâcheté aux yeux des honnêtes gens. Je respecterai donc mon mari, et cela ne me sera pas difficile. Quand on est quatre ans et demi fidèle à un homme de votre âge, on a prouvé, je crois, l'amour le plus pur et la sagesse la plus exacte. J'ai voulu me distraire, dites-vous ! Oui, depuis l'infâme lettre que vous m'écrivîtes le 16 mai 1792[1], je l'avoue, j'ai voulu m'arracher à vous, car la rage de l'amour outragé mène au désir de la vengeance. Hélas ! je n'ai pu parvenir à être inconstante, ni même à consommer une infidélité. Ah ! si je l'avais pu, je ne [me] serais pas livrée depuis six mois à des douleurs que moi seule peut bien dire... Mais jusqu'à votre horrible lettre... je jure devant dieu, devant les hommes que je n'avais *rien dit*, *rien écrit*, *rien fait* qui pût blesser l'amour le plus délicat, et que c'est une indignité que d'avoir motivé vos injures

1. Cette lettre manque.

par un désordre qui (sur mon dieu) n'était pas quand vous les avez écrites. Ah ! que vous êtes adroit, cruel, comme votre cœur est perdu pour les affections pures ! Ce cœur que j'ai cru si bon, si sensible, dégradé par les femmes viles à qui vous l'avez prêté, n'est plus capable de sentir l'amour qu'une âme honnête peut inspirer, peut concevoir. Quand je vois dans tous les billets que vous m'écrivez depuis six mois « il est temps que la raison ait son tour », je dis : mais, homme barbare et inconséquent, il ne fallait donc pas mettre tout en usage pour troubler la mienne. Étiez-vous un enfant en 1789 quand vous résolûtes de triompher de mon indifférence, de ma philosophie ? Ne saviez-vous ce que vous disiez, quand vous m'écriviez : *aime-moi avec excès, nous serons heureux pour la vie* ? Vous vous faites donc un jeu de briser des unions sacrées ? Ah, je le savais bien que vous étiez le Lovelace[1] du siècle ! Et vous avez trouvé piquant d'essayer encore à cinquante-six ans votre pouvoir sur un cœur de femme. Je vous ai parue digne d'être votre victime. Hélas ! je le fus, je le suis. Si c'est un triomphe, il est complet ! Je n'ai pas varié, moi, je vous aime toujours, je ne sais quand finira cette folle tendresse qui résiste au mépris et à l'ingratitude. Pourquoi cet amour encore si puissant sur mon cœur n'a-t-il plus de charme pour le vôtre ? Parce que vous vous êtes laissé aveugler sur mon compte ! Pourquoi traînez-vous dans la boue celle que

---

1. Héros de l'*Histoire de Clarisse Harlowe* de Richardson, roman-culte de l'Europe des Lumières dans lequel le personnage de Lovelace est considéré comme le prototype du libertin.

vous appelâtes *sublime, céleste femme* ? Parce que la calomnie a pu trouver accès près de vous…! *L'amour moral n'est, dites-vous, qu'un platonisme hébété.* Mais l'amour physique n'est qu'une animalité dégoûtante. Pour qu'une passion soit recommandable, il faut qu'elle soit bien plus dans le cœur que dans les sens, et je préférerais sans balancer, s'il fallait choisir, l'amour sans plaisir au plaisir sans amour… Non, non… vous ne me connaissez pas, je porte une âme si pure, si réellement vertueuse, que vous ne pouvez le concevoir. J'appelle une âme vertueuse celle qui fut toujours vraie, sensible, incapable d'intrigue, de fausseté, de bassesse, de cupidité, et la mienne est celle-là. Dès que j'aime *vraiment*, il n'y a plus d'homme pour moi sur terre, et j'ai fait mes preuves. Certes, depuis deux ans, vous n'étiez pas un homme pour moi, et j'étais fidèle, et vous le savez bien, et vous ne vouliez qu'un prétexte. Calomnier mes mœurs et me désespérer, c'est trop à la fois. Vous me deviez tant d'égards et de reconnaissance que, pour tolérer vos affreux procédés, vous n'avez rien vu de mieux que de m'accuser… Il y a bientôt sept mois que cette lettre d'horreur, modèle d'un égarement impossible dans un homme de votre âge et de votre génie, fut écrite, et je suis fidèle encore… et je le serai toujours… Quiconque a été sage six mois peut l'être un siècle. Cette révolte des sens (excuse des femmes faibles) n'est que dans les premiers quinze jours, les sens restent dans l'inertie en ne les alimentant plus. C'est une vérité d'anatomie. Ce combat-là, même, est fort peu de chose. Il n'y a point d'âme forte, si elle est sensible, qui ne soit fort au-dessus de ses sens. Il faudrait rougir de se vanter d'un si petit triomphe. Le plaisir qu'une femme sensible prend avec avidité dans les bras d'un homme qu'elle aime ne prouve rien pour ses sens. Combien de fois, bon dieu, je me suis livrée avec transport à vos désirs quand je ne me sentais nul attrait physique, nul besoin matériel, et quand ma santé même s'altérait par ces tracasseries. Mais pour vous plaire, il fallait aimer le plaisir ou avoir l'air de l'aimer. Mes efforts sur cet objet passaient mes forces ; j'ai fait plus que je ne pouvais. Mon cœur plein d'un véritable amour me ranimait quand mon corps épuisé ne pouvait plus rien… Faut-il tout avouer ? Oui, je n'ai plus besoin de mon fatal secret, il m'échappe, qu'il soit le supplice du reste de votre vie. Apprenez donc, homme injuste, homme ingrat, que depuis l'amant unique, si digne d'être amant, et que j'ai perdu d'une manière si funeste[1], je suis presque morte au physique, soit que la douleur m'ait usée, soit que ma constitution soit telle que je ne puisse obtenir le trouble de mes sens que par l'émotion de mon cœur. Sachez que depuis lui jusqu'à vous, je n'avais lancé mon âme vers aucune autre âme. Je m'étais prêtée et ne m'étais pas donnée, et c'était pour avoir un ami intime, pour tenir à quelque chose. Sachez que vous-même n'êtes pas parvenu tout de suite à obtenir ma vie, que vous n'avez pu m'émouvoir *réellement*, pour la première fois, que le premier lundi gras que nous fûmes au lieu que vous habitez actuellement, appelé dans ce temps le terrain. Depuis Pontois jusqu'à ce

---

1. Pontois.

lundi gras de 1788, aucun homme au monde n'avait fait pâmer votre amante. Ce lundi gras, jour à jamais cher et funeste à mon souvenir, je sentis le pouvoir que vous aviez sur moi. Vous aviez reçu mon âme, je bus la vôtre ; cet acte de délire amoureux que je n'avais accompli sur aucun homme me perdit. C'était un philtre magique. Quelle réminiscence ! Hélas ! quel malheur cet amour me causa… Enfin, je vous aimais, et je sentis que c'était à jamais (quoi qu'il pût arriver). Il vous était échappé de dire : *Belle de l'esprit et des sens, tu es la chimère de ma vie !* Je me dis, si je n'ai pas de sens, je perds le seul homme que je puisse aimer sur terre. Alors, je me forçai d'en montrer, et vous fûtes ma *dupe* en cela. C'était la ruse de l'amour, elle était excusable puisque mon cœur sentait ce que mes sens ne pouvaient plus. Mais comme ma santé s'épuisait de cette volupté, quand j'étais sous le feu de vos caresses, je retenais mon âme parce que j'étais sûre d'être malade quinze jours pour une fois seulement qu'elle m'échappait, et vous avez dû vous apercevoir plusieurs fois de ma réserve sur cela, et ce que vous croyiez que je faisais dix fois dans une journée, je ne l'ai pas fait trente en cinq ans. Quand je fus dernièrement au couvent dans la juste angoisse de vos injures, je fis un excès horrible pour me tuer. C'était le projet de mourir en vous donnant ma vie. Je vous l'ai mandé… En effet, j'ai pensé mourir. Il faut que tu sois bien barbare pour avoir pu tenir aux cris de miséricorde que je jette vers toi depuis trois mois.

Revenons à ma nullité physique ; d'elle venait l'horreur que me causait vos épîtres libertines. Mon âme remplie d'une passion respectable s'indignait de ces infamies. Jugez quel métier, être froide sous cette perpétuelle b[ran]lerie! Je vous étais fidèle, il n'y avait pas de mérite à l'être, je ne désirais rien. Ce plaisir-là m'était souvent odieux, même présenté par vous; jugez si j'ai fui d'autres hommes...! Pauvre [nom raturé: L...?], nous fûmes bien calomniés. Cet homme honnête et simple, qui me porte une sorte de vénération, eût été bien étonné que je lui aie proposé une telle bassesse. Il nous respectait trop tous deux pour que cette idée pût germer dans sa tête, et votre grand tort est d'avoir laissé votre femme tenir sur cela tous les propos qui passaient par la sienne. Elle est bien méchante votre femme, et j'aurais raison de ses infernales menées. Elle ne sait pas ce que peut celle à qui elle a voulu ravir l'honneur, à qui elle a arraché le bonheur de sa vie... Ne me rabâchez donc plus que je vous ai écrit telle ou telle infamie, ce style indigne de nous deux n'avait de vrai, je vous l'ai dit cent fois, que le désir de vous plaire. Je lisais l'Arétin, pour me monter la tête (puisque j'étais réduite à vous remuer l'imagination). Il m'est arrivé d'en copier des phrases... J'en demande pardon à l'amour... Vous ne voyiez donc pas jaillir le sperme et l'urine quand vous vous pâmiez sous ma main... L'urine, oui! Parce qu'à force de tourmenter cette partie chez moi, vous aviez affaibli le canal des eaux, au point que vous avez pensé me rendre infirme pour le reste de mes jours... Oui, la sagesse convient à mon âme, elle est essentielle à ma constitution, nécessaire à ma vie. Il n'y a que de lâches animaux qui sacrifient leur santé à ce jeu convulsif, à cette secousse matérielle qui, sans amour, est une vilenie si dégoûtante que je ne puis le dire. Vous m'avez cru lâchement dominée par mes sens, c'est là votre tort irrémédiable… Ce petit avorton sans dents, sans esprit, dont je voulus faire mon vengeur[1] quand vous me chassâtes loin de vous sans rime ni raison, n'a pas reçu la plus légère caresse de moi, la moindre émotion physique. Mais alors je ne vous trompais pas, je voulais me venger, me dégager d'une passion qui me minait. Il n'y a à voir là-dedans *ni sens*, ni *amour*, ni *tromperie*. Rendez justice à mon cœur, à mon caractère, à ma sagesse, ce désir de votre part est affreux. Ce qui nous a brouillés, c'est la dignité de mon caractère, la pureté de mon âme et non mon désordre auquel vous ne croyez pas, et ce prétexte que vous avez pris vous rend trop coupable aussi. À présent que je n'ai plus besoin de vous faire croire à mon libertinage, je vous jure que ni vous ni aucun mortel au monde ne souillera désormais mon corps de ses caresses que tout mon être repousse comme une abominable profanation quand l'amour pur d'une âme passionnée ne les donne plus. Ah, quel amour j'eus pour vous ! La ferveur de ma passion pour le plus ingrat des humains suffisait seule pour me sauver d'une infidélité, quand je n'aurais pas eu avec les principes d'une honnête femme des craintes d'accident et, par-dessus tout, mes sens glacés pour tout autre que mon amant. Non, aucun humain n'aura à l'avenir l'honneur d'un droit sur Amélie, et cette Amélie est encore assez belle pour que ce sacrifice ait du mérite.

_____

1. Peut-être Manuel.

C'est à vous que je sacrifie votre sexe entier, mais rendez-moi justice, vous m'avez peinte comme une libertine quand il est vrai que c'est le contraire qui nous a séparés… Je fus sage, fidèle, délicate, ardente moralement… Cessez de me calomnier et renoncez vous-même à ce libertinage de votre tête qui déshonore, appauvrit l'imagination d'un homme de votre hauteur morale. Pesez actuellement que tout mon être vous est connu, pesez avec votre équité, votre bonté naturelle ce que vous me devez de reconnaissance, de réparation, de dédommagement. Songez que souvent brisée, moulue, ensanglantée de toutes ces polissonneries, j'étais une pauvre victime soumise, dévouée à l'amour le plus étonnant, le plus douloureux. Quelle fut la récompense de tant d'amour? L'insulte, la calomnie, l'outrage et l'abandon. Hélas! vous m'avez condamnée à un veuvage éternel, car en amour, en plaisir, je ne puis plus rien sentir que pour vous. C'est si vrai qu'actuellement encore, si la nuit un rêve échauffe mon être, c'est vers toi que se dirigent mes facultés, et si mon âme s'échappe… ingrat, c'est encore dans tes embrassements. Dans tous les temps de ma vie, mes accès de volupté ne furent chez moi que le besoin d'éloigner de tristes souvenirs, d'échapper aux détails de mon affreuse position, de m'étourdir sur mon épouvantable avenir. Je n'ai pas besoin d'homme, et je vous serai fidèle quoique vous ne soyez plus rien pour moi. Mais comment un honnête homme fomente-t-il une passion dans l'âme d'une créature faible et sensible pour la livrer, après cinq ans d'union, à toutes les douleurs qui suivent une passion malheureuse ? Je ne puis changer comme vous, et mon cœur ne peut quitter le vôtre. Vous me sacrifiez à des femmes vaines et jalouses, à des hommes sans âme qui ne peuvent avoir nulle idée juste de ma tendresse pour vous. Vous me sacrifiez à tous ces cœurs légers, arides et corrompus qui ne croient pas aux grandes passions, parce qu'ils n'ont pas eu l'honneur de s'élever jusqu'à elles. Ah ! Monsieur, quelle conduite ! Elle vous dégrade aux yeux des honnêtes gens. Vous en sentirez le remords un jour, ou votre âme est gangrenée.

Je n'ai pas besoin d'homme, j'ai besoin d'amant, mais cet amant doit être d'un ordre privilégié, il doit vivre avec moi dans une région inconnue… L'amour est pour mon cœur un ange de vertu, de beauté, de lumière, de sentiment, de pureté ; il est pour vous un enfant malicieux, gai, libertin, léger. Corrigez votre enfant, et laissez-moi vivre digne de l'ange que j'adore. Je vous croyais un dieu, vous n'étiez qu'un amant ordinaire, vous deviez être inconstant puisque vous étiez corrompu. Vous voulez de la raison, eh bien, en voilà ! Et vous en aurez plus que vous n'en pouvez porter peut-être ! Si vous me revoyez jamais, vous ne trouverez en moi qu'une femme raisonnable et sensible. Ne craignez pas que j'offre à votre vue des charmes que vous prétendez redouter encore… Fi ! je rougirais de vous ramener par de si vils moyens faits pour les femmes bien loin sous la poussière de mes pieds, et vous pouvez vous en reposer sur ma fierté du soin de les bien voiler. Il faut que vous soyez bien cruellement amoureux de moi ou que vous soyez bien incapable d'une vraie tendresse pour pouvoir vivre sans me voir.

Vous me bravez en ne me voyant pas. Si c'est flatteur pour ma beauté passée, c'est trop douloureux pour mon cœur, et comme je suis plus sensible que vaine, j'aimerais bien mieux que vous fussiez moins épris de mes tristes appâts et que vous m'aimassiez davantage. Mon ami L… a bien su s'élever à une tendresse digne de moi, a bien pu revenir à une affection vertueuse, car il en est pourtant (quoi qu'en dise le poète soi-disant philosophe), et depuis que je suis revenue des îles, L. n'a pas même songé qu'il eût des droits sur moi. Une sainte amitié nous unit et nous unira pour toujours. Nous nous estimons trop pour changer. Ne pouvez-vous imiter ce noble exemple et devenir un ami géné-reux et sensible ? Est-ce vos sens ou votre vanité qui ne peuvent supporter la vue d'une créature autrefois belle et désirable sans la souiller de libertinage ?

Ce n'est pas de n'être plus votre maîtresse qui me désole, c'est de n'être plus votre amie. Expliquez-vous au moins sur ce refus obstiné que vous faites de me voir. Jamais vous ne possédâtes une âme comme la mienne. On n'y croit plus à ces âmes-là, il en est si peu ! La nature en produit encore quelques-unes dans ses moments d'enthousiasme pour en conserver l'espèce. Les rencontrer est l'affaire du temps, d'une recherche exacte, et pour les sentir quand par hasard on les trouve, il faut avoir l'honneur d'avoir quelques rapports avec elles ! Vous voulez de la raison, en voilà ! Ayez la force de digérer son langage. Je le parle volon-tiers, moi, et je vous réponds même de ne plus sortir de ce mode décent sentimental qui est le seul qui convienne à tout mon être. Raison, sentiment, je ne sors plus de là ; le reste n'est presque toujours qu'un dérèglement de tête. Ne pensez pas non plus que je veuille vous revoir pour vous inspirer des désirs que je voudrais allumer et repousser par le jeu d'une coquetterie barbare. Non, je vous déclare que je ne veux de vous qu'une pure amitié. Vous m'avez rendu l'amour odieux, le plaisir dégoûtant, la volupté hideuse, et je renonce pour toujours à ce sexe impérieux, libertin qui, tout en profitant de l'effet de nos bontés, [en] calomnie sans cesse la cause, qui prend éternellement la débauche pour l'amour et paye le sentiment le plus noble de la plus basse ingratitude. Quoi qu'on puisse dire, j'ai fait mon devoir avec vous, plus que mon devoir ; faites le vôtre envers moi d'homme honnête, raisonnable et sensible. Assurez-moi l'indépendante fortune qui peut seule honorer l'existence sociale ; acquittez une dette qui doit être sacrée pour votre probité. Vous m'avez diminué mon revenu depuis que nous sommes séparés, cela n'est ni noble, ni généreux, mais donnez-moi 2 mille écus pour arranger mes affaires, assurez-moi ce que vous me donnez, et je vous bénis à jamais. Mon tapis de pied est en gage avec mon argenterie, mes bagues, le tout pour 500 livres. Donnez-moi pour mes étrennes de quoi retirer et payer 2 mille écus. Arrangez tout et m'assurez à jamais la paix et l'honneur. Ayez pitié de moi. Je vais me réunir à mon mari, respectez la position que je vais avoir, que ma maison ne soit pas souillée par des craintes, des détails d'une espèce si humiliante. L'œil de l'hymen est pur ; qu'il n'aperçoive rien qui puisse altérer sa dignité. La paix, l'honneur, c'est tout ce que je veux désormais. J'ai de l'ordre, de l'économie, des mœurs, en vain vous me calomniez sur tous ces points ; mes amis, mes amies, les gens qui voient bien me rendront toujours justice. Faites ce que vous vous devez, remplissez envers votre amie l'œuvre de la probité, de l'humanité, donnez-moi la stabilité de mon sort. Ah ! quand j'aurais l'espoir de pouvoir vivre dignement près de mon époux, de soutenir par moi les jours de ma malheureuse mère avec la sécurité du présent et de l'avenir, vous verrez quelle âme le ciel m'avait donnée, et quel exemple terrible je suis des misères humaines. Quand je serai débarrassée de ce poids qui m'oppresse, de la crainte de mourir de faim et de [ne] pas payer mes dettes, crainte dont vous devez être bourrelé vous-même, si vous avez quelques notions de l'honneur véritable, et que nous n'aurions ni l'un ni l'autre si vous m'aviez jamais aimé *réellement*. En me laissant une existence éventuelle, vous m'avez fait suspecter votre amitié, vos principes, et c'est ainsi que les liens se relâchent. Des devoirs bien remplis de part et d'autre les serrent tous les jours davantage, l'estime est la base de toutes les unions, et il n'y a point d'union sans vertu ; on ne peut sortir de là. Vous voulez de la raison, en voilà. Ah ! que je suis bien aise que vous m'ayez donné la liberté d'en parler autant que j'en sentais le besoin. Hélas ! notre rupture ne vient que parce que j'ai parlé raison, et que cette raison toujours à contresens selon vous m'a valu quatre pages d'injures. Il ne fallait que le soin de votre propre gloire pour me ménager davantage, et votre conduite vis-à-vis d'une femme honnête et sensible qui vous idolâtrait de bonne foi vous fait bien plus de tort qu'à elle. J'ai pensé mourir de la douleur de vous perdre, cela suffit pour me justifier auprès des âmes respectables. Mais finissez de prononcer sur mon sort, loyalement parlant, vous me devez le repos de ma vie entière. Quand je n'aurais plus cette crainte de mourir de faim qui dégrade et épouvante, je pourrai devenir alors l'esclave de mes principes. Mais que peut faire une pauvre créature, toujours dévorée de la crainte de manquer de tout un jour, forcée d'obéir à des goûts qui ne sont pas les siens pour s'accrocher à quelque chose ? Qui pourrait la deviner ? Ô vous ! qui m'accusez, hommes aveugles et barbares. Femmes dont le regard inhumain me poursuit avec le sourire du mépris, que vous ai-je fait pour m'insulter ? N'ai-je pas eu le courage de refuser à vingt ans toutes ces honteuses ressources que le vice prodigue toujours quand il s'adresse à une malheureuse femme d'un extérieur peu commun ? J'ai fait des sottises, jamais une bassesse. Cruels accusateurs, serais-je éternellement victime de cette cécité morale qui vous empêche de me distinguer ? Avez-vous jamais lu dans mon cœur ? Connaissez-vous bien ma vie, mes longs tourments pour oser prononcer sur moi ? Savez-vous quels sont les résultats d'une position comme la mienne ? Le caractère le plus noble peut-il se reconnaître au sein de la détresse ? N'a-t-il pas toujours l'air de se dégrader sous le poids de l'infortune et de l'humiliation qu'elle traîne après elle ? Toutes les démarches sont suspectées, tous les sentiments confondus, et il est impossible de donner une idée juste de son cœur et de ses mœurs quand la vie est sans cesse ballottée entre le malheur et la nécessité. Mais je n'en suis plus là. Je vous ai prodigué les cinq dernières années de ma jeunesse. Pendant ces cinq ans, je vous ai fait des sacrifices qui auraient fait mon sort si j'eusse pu descendre à de basses spéculations. Je vous avais consacré ma vie, ô vous que j'aimais trop, que je veux croire encore un grand homme malgré son machiavélisme en amour, en faisant votre devoir envers une infortunée. Rendez à la vertu mon âme égarée, désolée, mais si bien faite pour elle. Relevez votre existence à vos yeux, aux yeux des honnêtes gens, en consolidant une bonne œuvre. Ah ! si vous eussiez accompli plus tôt votre devoir sur cet objet sacré pour un honnête homme ! Alors, honorée par votre famille, qui ne m'aurait pas regardée comme une maîtresse onéreuse, vous respectant en raison de la noblesse de vos procédés, vous n'auriez pas eu à vous plaindre de la moindre légèreté de ma part, votre délicatesse eût été en paix sur mon affection pour vous. J'aurais pu croire à la *réalité* de la vôtre pour moi, et je vous aurais soigné toute ma vie au sein des vôtres. Enfin, si vous aviez été capable d'aimer, ce qu'on appelle *aimer* (mot dont l'acception ne vous est pas connue), notre union n'avait de terme que celui de nos jours. Mais B[eaumar]chais n'a jamais fait de l'amour qu'un goût, un attrait momentané, une jouissance physique. Il ne connaît de cette passion (divine quand elle est bien sentie) que ce qui la déshonore. C'est vous qui nous avez perdus par le peu d'importance que vous mettiez à nos liens, c'est vous qui les avez souillés. Si j'avais eu dix mille livres de

rente quand je vous ai connu, vous auriez payé ma
tendresse par des soins, des égards. Vous avez cru,
parce que j'étais pauvre, que des bienfaits suffisaient,
et moi qui porte un caractère tout aussi altier que le
vôtre, avec une âme plus réellement fière, surtout plus
délicate et plus sensible, je voulais les soins, les égards,
les bienfaits et les pures adorations à la fois. Peut-être,
même, me deviez-vous d'autant plus d'égards que
j'avais le malheur d'être votre obligée. On ne paye pas
une femme comme moi avec des millions, mais avec
des soins constants, une idolâtrie soutenue. Ce mot
bienfait d'ailleurs, de vous à moi B[eaumar]chais,
sonne mal. Vous oubliâtes ceux dont je vous ai
comblé, et je ne vous dois rien. Vous dites aujour-
d'hui, avec une pitié très insultante, que je suis *malheureuse*. Par *malheureuse*, vous entendez pauvre, car
les spéculateurs, les gens à argent, ne connaissent pas
ce genre de malheur. Je n'ai pas voulu m'abaisser à
être riche, entendez-vous ? En faisant tous les métiers
pour vivre, je le serais devenue, tout comme une
autre. Je n'ai pas voulu descendre mon caractère d'un
seul cran, et je ne puis être heureuse ni malheureuse
que par mon cœur. J'ai perdu mon ami, c'est par là
seulement que je suis infortunée. Et vous avez raison,
si c'est ainsi que vous l'entendez. Au reste, si je l'étais
autrement, ce serait la honte ineffaçable de votre vie.
Hélas ! c'est mon infortune qui nous sépare, tous mes
prétendus torts viennent de là, parce que ma misère,
épluchée par les jaloux, surtout par les jalouses, a toujours été le point qui leur servait à faire des plaisante-
ries sur ma tendresse si *réelle* pour vous. [Puis] des

qualités, des avantages qui offusquent! Vous savez bien qu'un cercle d'envie entoure les gens supérieurs, vous savez cela mieux que personne, vous, pauvre victime de vos succès! Avec une fortune à moi, j'étais un ange… Lâches humains, voilà comme ils raisonnent! Mais vous, que je crus le plus éclairé de tous, vous devez me voir sous un autre jour; vous! qui me devez la paix du reste de ma vie; vous! qui m'en deviez même le bonheur; vous! pour qui je pensai périr de douleur plusieurs fois; vous! qui m'épuisâtes de toute manière; vous! que j'aimais plus que moi-même; vous! que j'aimerai toujours. Réparez une partie de vos incalculables torts avec moi, vous ne me ferez jamais autant de bien que vous le devez. Vous ne pourrez jamais réparer le mal que vous m'avez fait. Comme amant, vous fûtes un abominable sacrilège d'une passion céleste; au moins, ne soyez pas un ami indigne et stérile. Vous me devez, dans tous ces mouvements politiques qui peuvent submerger tout le monde, une branche pour me sauver. Je l'attends de votre probité, de votre cœur que je crus si bon. Mais souvenez-vous que je suis la plus fière des infortunées, que j'ai droit aux regrets et à la reconnaissance de mon bienfaiteur. S'il n'avait été que cela, sa conduite avec moi serait tout au plus passable; mais comme amant, ah! qu'elle est affreuse sa conduite! Je ne suis que l'écho des cœurs honnêtes en répétant qu'elle est affreuse. Enfin, je mériterais les injures que vomit sur moi votre belle lettre de quatre pages du 16 mai 1792, si je consentais à vivre pour vous sans recevoir de votre part les égards qui adoucissent, ennoblissent le bienfait. Que direz-vous pour avilir le fatal sentiment que vous eûtes la fureur de m'inspirer? *Que je ne voulais de vous que mon bien-être?* Je répondrai: souvenez-vous de tout ce que j'ai fait pour vous prouver ma folle passion, et je puis vous dire comme ce grenadier français à qui on offrait une somme considérable pour avoir gardé un poste périlleux: « *mon général, on ne va pas là pour de l'argent* ». Je vais me réunir à mon mari, et je porterai à ce renouvellement de mariage l'austérité de principe que j'aurais eue à vingt ans si l'on m'eût permis de choisir le compagnon de ma vie. Soyez sûr que, pour une femme qui porte un cœur honnête et sensible, il n'y a que deux manières nobles d'exister: l'énergie de l'amour dans tout son abandon, dans toute sa plénitude, dans toute son exclusion surtout, ou l'héroïsme de la vertu. Vous m'avez forcée de renoncer à mon premier choix, je tiendrai fortement, constamment au second. Mais concevez-vous quelque situation plus douloureuse, plus humiliante que la mienne? Les mépris d'un bienfaiteur, d'un homme que le cœur adora? Je n'ai point fait de basses spéculations en vous aimant comme une folle, mais je sais qu'on doit rendre heureuse son amie quand on a autant de fortune que vous. J'avais un amant pauvre dans ma jeunesse; je partageais avec fierté, avec joie sa pauvreté et, riche de son amour, je dédaignais toute autre fortune. Si mon amant n'avait qu'une chaumière, je partagerais sa chaumière; s'il a un trône, je dois le partager aussi. L'amour est une douce communauté de biens, de peines et de plaisirs. Les circonstances m'ont fait avoir un amant riche, je devrais l'être.

Au moins cet amant riche doit-il être humain s'il n'est généreux. Je lui confiai ma destinée, il doit enfin prouver qu'il était digne de ce dépôt sacré pour une belle âme. Sans doute, Monsieur (je veux le croire encore), vous avez autant de grandeur d'âme que de bonté. Vous allez assurer mon sort, par conséquent mon honneur. Vous serez un ami sûr, un bon père, et puisque vous m'honorâtes tant de fois du nom de votre fille, vous aurez pour moi l'amitié que vous m'avez promise. Nous reprendrons le respect que nous nous devons réciproquement ; vous à mon sexe, moi à votre âge, à votre génie. La reconnaissance nous unira pour toujours, et nous serons tous deux à notre place. Vous m'apprendrez surtout ce qui peut nous avoir brouillés au point de n'être plus même amis. Je vous somme devant l'univers d'articuler une raison suffisante de cette rupture totale, vous me forcerez à une interpellation publique. J'en suis capable au moins ! Car enfin, je veux savoir le vrai motif d'une séparation qui détériore votre cœur et votre caractère aux yeux des honnêtes gens. Ô mon cher Beaumarchais, vous que j'aimerai toujours de cet amour angélique que vous ne concevez pas, venez embrasser votre pauvre amie, morte au plaisir, à toute volupté, mais digne en tout de votre amitié, de votre respect et de votre parfaite estime. Venez causer des affaires de mon mari, des miennes, voyons à m'arranger une fin digne de vous et de moi. J'eus tort de croire que vous étiez capable d'une passion vraie, éternelle ; mon imprudente crédulité a pensé me mettre trois fois au tombeau pour le prix de ma vie. Ô mon ami ! venez m'embrasser ou, si vous m'abandonnez, je publierai votre conduite atroce envers une femme dont vous avez été adoré !

Amélie de La Morinaie

On saura par quel art un séducteur aimable
Veut cacher sous des fleurs un piège abominable !!
Avant que de mourir, tes lettres et mes vers
Publieront, mon amour, tes torts et mes revers.

(Beaumarchais quitte alors la France. A-t-il jamais reçu cet écrit d'Amélie ? On ne sait. En son absence, pendant trois ans, Amélie a aimé un homme plus jeune qu'elle. Ce dernier a publié les lettres passionnées qu'elle lui a écrites de 1793 à 1796[1]. Dès le retour de Beaumarchais en France, leur liaison reprend. De cette période ne subsistent que trois lettres : la première fait partie de celles qu'Amélie avait l'intention de publier et se trouve dans notre dossier. Les deux autres se trouvent à la British Library. Elles ont été publiées par Renée Quinn et reproduites par Maurice Lever dans sa biographie de Beaumarchais.)

Amélie à Pierre
Ce 7 frimaire le matin

Je vous disais hier, mon cher Beaumarchais, que les Turcs avaient plusieurs femmes, mais qu'en estimant ce sexe que comme vous l'estimez vous-même – comme des machines à sens, comme les femelles de l'espèce humaine –, au moins ils ne les laissaient pas mourir de faim et de froid. Vous devez bien rire quelquefois, en vous souvenant de cette dévotion

---

1. Cf. introduction du présent ouvrage, pp. 19-20.

d'amour et de vertu qui m'a fait vous confier tout mon être sans condition quelconque.

Ah! je fus une sublime sotte et vous en abusez. Escobar, cousin germain de Figaro, votre fils chéri, a toute la droiture de son père; il faut pourtant que vous me prouviez ce que vous me disiez l'autre matin, que la justice, la décence, la sensibilité vous sont chères et sacrées. C'est en 91 que j'ai cru que vous ne m'aimiez pas réellement; mais si vous n'avez ni amour ni amitié pour moi, la probité doit vous dicter une conduite d'homme au moins compatissante; depuis trop longtemps j'ai vainement interrogé votre sensibilité, réclamé votre justice, deux qualités qui doivent se perdre si elles ne sont exercées, et j'ai lieu de croire qu'elles vous ont semblé fort inutiles à votre bonheur. Si vous m'ôtez toute espérance, vous m'ôterez toutes espèces de craintes. Je ne me flatte point que ma plume ait la vertu d'amollir les cœurs durs, mes larmes mêmes n'ont pas ce pouvoir; mon infortune paraît vous être étrangère; vous croyez que je ne dois être qu'*aumonée*... Il est temps que ma peine cesse absolument et pour jamais, soit que l'amour ou que l'amitié nous unisse; il faut que je dorme tranquille avec la certitude d'un revenu modique (très modique à raison de vos facultés). Je demande que cette retraite de 2 cents louis me soit assurée et soit payée exactement tous les 3 mois, car il est horrible de recevoir toujours son revenu par parcelles... Je vous prie de me donner demain dans la matinée 300 livres acompte sur 520 livres que vous me devez pour ce mois-ci. Faut-il encore me prostituer pour 25 louis dont j'ai besoin?

Vos ordres au moins… Vous voulez que les femmes soient fidèles… et vous ne voulez pas les rendre heureuses. Le comte Almaviva en négligeant sa femme la comblait de présents ; sait-on gré du superflu à qui refuse le nécessaire[1] ? Vous, mon ami, vous laissez votre maîtresse manquer de l'un et de l'autre. Ah ! tu portes une âme bien froidement cruelle et la mienne est déchirée de ton ingrate *insensibilité*.

---

1. Citation du *Mariage de Figaro*, acte III, scène V.

(Cette lettre ne porte aucune date, mais le contexte permet de la situer à la veille de la suivante, laquelle est du 11 vendémiaire an VII [2 octobre 1798].)

Pierre à Amélie

En revenant ce matin de la plus désastreuse conférence, je suis entré chez vous, où j'ai trouvé, en votre place, ce petit mot joli : *Viens demain à 11 heures, tout fermé, tout ouvert!* Je suis rentré chez moi où j'ai lu celui-ci : *J'aime mieux demain à 11 heures. Viens prendre courage et m'en donner! As-tu lu ma lettre d'hier soir?* – Oui je l'ai lue, et vous m'y dites : *Sans doute mon goût pour les plaisirs que la nature permet dans sa clémence*, etc. Non, *foutue bête* toi-même ; il fallait dire : *que la nature nous donne et non pas nous permet*, pour nous dédommager des peines de ce monde! *Tu l'as donc eu ce goût*, dont tu te donnes les airs de te repentir aujourd'hui? Moi, je t'ai montré du mépris *pour avoir aimé le plaisir*? Ose le dire! Non, *je t'ai méprisée* pour en avoir gâté le charme en lui ôtant ce qu'il a de divin quand on le donne, ou le reçoit du seul objet de sa prédilection, *pour le prostituer à d'autres!* Juge et rappelle-toi à la nature, et à l'ivresse des caresses religieuses dont ton corps a été l'objet de ma

114

part, si j'ai pu, si j'ai dû, pour conserver une liaison qui me devenait détestable ; si j'ai dû dire la sottise : *que j'étais vieux et elle jeune encore !* etc., etc. Ce n'est donc pas des *préjugés* que ta *foutue bête* d'ami (pour user de tes propres termes) a *rabâchés* ! C'est du crime d'avoir foutu avec un autre, dans le temps même où ton amant, par ivresse plus que divine, te suçait le con et le cul, comme un dévot traite l'Eucharistie ! Qui, moi ? Je devais pardonner, me dis-tu, dissimuler *ce crime affreux contre l'amour ? Non, foutre, non !* Encore aujourd'hui, je te fuirais à mille lieues, si je pouvais te soupçonner de te laisser sucer le con, lécher le cul par un autre homme que par moi ! Sais-tu pourquoi j'ai pu te pardonner d'avoir levé tes jupes *pour que Manuel te le suçât* ; et que je n'ai pas pu obtenir de moi d'indulgence, quand ce petit sot de Froment, de ton aveu, les a levées, quoique tu ne sois convenue avec moi d'autre chose (quand je te l'ai reproché aigrement) sinon de l'avoir laissé se branler devant toi, jusqu'à la décharge complète : ce que tu nommas *s'achever ?* C'est que ma juste colère de l'insulte que tu m'avais faite avec ce petit sot pommé, et mon très juste éloignement de toi à cette grave occasion, a pu te faire croire que, ne m'appartenant plus, tu pouvais sans scrupule te laisser *putiner*[1] par ce farouche député[2], le con qui n'était plus à moi ! Moi, voulant m'abuser sur ce que j'avais lu de toi, je me suis dit : *c'était changer d'amant, mais non partager sa personne !* Au lieu que le petit faquin, à

---

1. Traiter comme une prostituée.
2. Manuel.

qui tu as, sans doute, tout permis, quoique tu ne m'aies avoué *par écrit* que l'insolence de son déculottage, et d'un acte odieux que l'on ne se permet qu'auprès d'une putain qu'on méprise, ou *qu'on craint de foutre* ; ce petit faquin, dis-je, était sans excuse à mes yeux ; nous étions en dispute alors, *mais non pas séparés*, et toi, pour me punir de t'avoir, disais-tu, traitée légèrement, tu faisais la coquine, ou plutôt te laissais traiter comme une fille par celui que tu n'aimais pas ! M'entends-tu maintenant ? C'était de ta lâche prostitution que je me plaignais justement ! Car tu avais si bien regardé mes caresses comme *une déification* que, dans l'excès de ton étonnement, tu avais cru ne pouvoir t'acquitter envers moi qu'en me rendant avec amour les folies que je te faisais, et que tu as doublement couvertes d'un déshonneur ineffaçable : d'abord en te les laissant faire par autrui, ensuite en divulguant avec dédain que je m'étais complu à te rendre ce charmant hommage que tu nommais *tibériades*, uniquement pour te donner comme une victime dévouée de la tyrannique sujétion où ma crapule t'avait mise ! *Ciel ! Ma crapule ! de t'avoir fait la divinité de mon culte !* Voilà la question bien posée, afin qu'il n'en soit plus parlé. Tu ne m'aimes plus, je le sens, malgré tout ce que tu m'écris. Je ne m'en plains pas : je suis vieux et trop infortuné pour être aimable. Mais lorsque tu me dis : *viens, apporte-moi ton prurit et je le panse du secret*, je te réponds : *non, foutre non*. J'ai pu le souffrir sans scrupule lorsque le même hommage te charmait de ma part : je rougis de penser que je soumettrais mon amie à un plaisir qu'elle ne partage plus : *non*. Ce n'est pas cela qui peut me plaire de ta part : c'était ce bonheur exclusif avec lequel ma langue suppléait à la faiblesse de mon vit ! Quand je croyais te l'avoir fait goûter, le plaisir de foutre pour moi, je l'acceptais de toi, avec la simplicité d'un retour que tu semblais accorder par amour à celui qui t'idolâtrait. Ce temps, Amélie, est passé, et le charme non raisonné d'une réciprocité de ce culte religieux, par lequel deux amants cherchent à se prouver que tout leur est cher l'un de l'autre, est fini pour nous deux.

Tu n'auras pas sur moi l'avantage d'un sacrifice dont tu veuilles encore te vanter. J'ai sucé ta bouche rosée. J'ai dévoré le bout de tes tétons. J'ai mis avec délices et mes doigts et ma langue dans ton con imbibé de foutre. J'ai léché le trou de ton cul avec le même plaisir divin que ma langue a cherché la tienne. Quand, pardonnant à ma faiblesse, tu as versé le foutre de l'amour en remuant ton cul chéri sur ma bouche altérée de ce foutre divin, je t'ai laissée faire sur moi tout ce qu'il a plu à la tienne. Ce temps de délire est passé. Quoique j'aie un besoin extrême d'une consolation animée, je n'irai pas chez toi demain disputer sur les différences de nos façons de nous aimer, dont tu ne rends la tienne autant austère que bégueule que pour l'insipide plaisir de vouloir me prouver que ton amour est le plus délicat ! Ta triste supériorité m'attriste et détruit mon bonheur naïf. À moins que toi qui m'écris *foutue bête*, mettant à m'inviter cette simplicité charmante, ne m'écrives naïvement : *Viens me dire que tu m'aimes, viens ! Que nos langues se foutent après avec le charme d'autrefois ! Viens langoter le con, le cul de ton amie. Viens puiser une goutte de foutre au con de la bégueule qui te dit foutue bête, et si je suis bien contente de toi, je te rendrai avec amour le plaisir que tu m'auras fait.* Si tu ne m'écris pas cela ce soir avant de te coucher, sauf à me le faire tenir demain matin à mon réveil, tu ne verras pas ton ami qui, forcé de sortir à huit heures et un quart, ne pourra peut-être pas te rapporter ta douce lettre avant onze heures et demie ou midi. Mais si je la reçois ou ce soir, ou demain matin, je brusque tout pour aller remonter ton courage et le mien, par notre eucharistie d'amour.

(Cette dernière lettre a été commentée en marge par Beaumarchais. Nous transcrivons ci-dessous, entre crochets et en caractères gras, ces réflexions à la place qu'elles occupent dans le manuscrit original.)

Amélie à Pierre
Le 11 au soir, Vendémiaire an 7 [2 octobre 1798]

J'ai répondu, cher ami, avec précipitation à ta lettre de ce matin. M. Dp est arrivé pendant que fo^ed était là. Je t'ai mandé que l'âge, le malheur et la maladie avaient tué les sens que j'avais dans l'imagination, [**Je ne sais pas ce que cela veut dire.**] et qui te plaisaient tant [**Ah, j'en suis bien honteux !**] – mais que dans tes bras, à tes pieds, sans plaisir [**Malheureuse !**] et sans argent, j'étais aux cieux, ami. C'est une vérité que je sens jusqu'au fond du cœur, pourquoi repousses-tu mon pur amour ? Je fus traitée comme une gueuse parce que l'on me crut des sens [**Non, mais parce qu'on crut que vous trompiez un honnête homme**] et que l'on m'accusa d'en être l'esclave… [**Non, mais d'en faire jouir plusieurs en les trompant ! Car voilà ce que l'on disait.**] Il fallait bien me mettre au-dessus de ces coupables erreurs, braver cette démence des sens [**Va ! la démence est d'en parler ainsi, quand on a le**

119

bonheur d'en avoir] et être enfin la femme raisonnable et vraiment sensible que je devais être à mon âge que j'aurais été à vingt ans si l'on m'eût montré l'opprobre qui suit une femme sans mœurs ; on m'a gâtée, on a tout excusé. Et je me suis abandonnée ; ta famille ne m'a pas gâtée, et je lui ai l'éternelle obligation d'avoir sauvé mon automne de l'infamie du désordre. Car, au train dont j'allais, j'aurais eu, comme Ninon, de jeunes amants à cinquante ans. **[Quand ma famille te reprochait le désordre de ta conduite qui consistait à te livrer à plusieurs hommes à la fois, il existait donc ce désordre ; puisque, du train dont tu allais, sans les reproches de ma famille, tu aurais eu comme Ninon, de jeunes amants à cinquante ans ! Et tu aurais dit à tous : le bon billet qu'a Beaumarchais ! Voilà pourtant comme vous raisonnâtes !]**

Le prétexte que ta famille a pris pour me chasser de chez toi m'a éclairée. Le mépris avec lequel tu m'as traitée **[Ce ne fut pas mépris, mais indignation de la fausseté d'Amélie]**, ma véritable tendresse pour toi, tout a contribué à opérer une réforme **[Dis-moi quelle est ta réforme, si ton désordre n'était autre que d'ouvrir ton lit à moi seul ; puisque tu te crois vertueuse en m'y appelant pour demain ?]** à laquelle on a peut-être peine à croire (tant j'ai une bonne réputation). Ami, il ne tenait qu'à toi que je n'aie pas les torts que j'ai eus ; il fallait me prouver un amour vrai **[Va ! cet amour, je te l'ai bien prouvé, mais tu l'as traîné dans la boue, tu as nommé tibériades le culte vraiment insensé que je ne rendais qu'à toi seule ! Et plus libertine que moi, si c'est là du libertinage, tu as**

déshonoré nos jeux et notre amour insensé par la
publicité que tu leur a donnés] en prenant soin toi-
même de ma gloire (tu avais bien plus d'usage du
monde que moi). Il ne fallait pas laisser soupçonner
que je vivais par tes moyens. [Jamais je ne l'ai dit a
personne, ni même laissé entrevoir.] Enfin – ne revenons plus sur tout cela – tu as osé écrire que tu *avais
payé tes plaisirs.* [Si j'avais sous la main les indignes
injures auxquelles mon indignation répondait, vous
rougiriez de me reprocher cette phrase que vous seule
avez provoquée.] Je l'ai lu de ta main… Va… la fortune de tous les Crésus du monde n'eût pu payer de
pareils plaisirs. [De quel prix sont-ils donc pour celle
qui, les ayant goûtés, les avilit comme un opprobre,
au lieu d'en avoir fait une sainte religion entre nous
deux ? T'ai-je pas mise sur l'autel pour communier de
ta substance ? Lorsque tu m'as nommé Tibère pour
t'avoir tout divinisée, t'ai-je donné le nom de la
femme de Claudius ? Tu avilissais nos plaisirs pour te
vanter de tes douloureux sacrifices, puisque tu conve-
nais à n'avoir fait entre mes bras que le vil métier
d'une fille ! il ne me restait qu'à prouver que j'avais
payé mes plaisirs.] Tout ce que j'ai dit, écrit contre toi,
n'approche pas de cette phrase de ta part… Elle nous
avilissait autant l'un que l'autre. Mais elle a mis dans
mon âme, avec l'opprobre exécrable qu'elle dégoûtait,
la ferme résolution d'être une femme respectable.
[Qu'étiez-vous donc avant que j'eusse écrit cette
phrase ? Le vice est de se prostituer à plusieurs. Quelle
réforme avez-vous donc mis dans votre conduite ?
Avez-vous donc cessé alors d'être à plusieurs ? Ou si

vous n'étiez qu'à moi seul, comment êtes-vous donc plus respectable en consentant d'y être encore, même sans ce plaisir que vous aimiez et dénigrez sans cesse !] Quelquefois, le découragement a voulu me saisir ; je me suis dit : *il n'est plus temps*, puis mon courage s'est relevé et j'ai pensé qu'il est toujours beau le retour à la vertu, à la sagesse. [À quelle vertu, à quelle sagesse es-tu donc revenue, si tu n'avais pas d'autre amant, puisque tu consens à toujours recevoir cet homme nul, cet homme nu, entre tes bras, entre tes cuisses ? Qu'as-tu donc réformé en toi, pour lequel vice tu croyais qu'il n'était plus temps d'en corriger ton cœur ? Tu avais donc plusieurs amants, puisque d'en conserver un seul te semble un chef-d'œuvre de sagesse ! Tu vois bien que tu déraisonnes. Tu mets le vice dans le plaisir de se livrer, et la vertu dans ce même acte sans plaisir ! Ou tu déraisonnes, ou tu mens, et tu dissimules.] Quoi que tu fasses, quoi que tu dises, tu ne retrouveras jamais la misérable insensée qui par amour faisait tant de folies sensuelles pour toi. Tu as cru payer mon frénétique abandon ? Tu l'as tué. Mais je t'adore, et te serrer dans mes bras, recevoir tes caresses est toujours un bonheur sans lequel je ne puis exister. Si je me suis plaint[e] de ton libertinage, c'est qu'il était révoltant que tu aies oublié toutes les complaisances que tu m'avais arrachées. [Ainsi, mon vrai libertinage était d'avoir pu oublier que nous avions libertiné ensemble ! Et si je n'avais pas oublié ce que tu nommes tes complaisances dont je n'eusse jamais voulu si je t'avais crue assez vile pour les offrir sans en jouir toi-même ; pourvu que je m'en souvienne bien, je n'aurais pas été ce libertin que tu as traîné dans la boue avec toi, en divulguant tes faux plaisirs.] Les hommes que tu nommes savent que je t'adorais ; et quand Manuel fit cet avant-propos, il était convaincu de ma passion pour toi, me disait que j'étais folle de la nourrir, et te nommait *Lovelace*. [Il ne me nommait **Lovelace que parce qu'oubliant la pudeur qui concentre et cache à tout autre les ivresses de deux amants, tu as prostitué, avili les plaisirs que nous avions goûtés dans le secret du lit ! En les divulguant, tu as préféré t'avilir, à manquer de faire passer ton pauvre ami pour un Lovelace !]** Je te ferai lire cet avant-propos.

Bonsoir, minuit sonne. Demain matin je finirai ceci. Venez dormir avec moi, féroce adoré. [**Tu crois avoir tout réparé quand tu as tourné une phrase ! Ah, que c'est beau, que c'est pudique d'appeler du nom de dormir ce qui nous tient si éveillés !**]

À 8 heures du matin, le 12 vendémiaire [3 octobre]

Hier au soir, je te disais *viens dormir avec moi*, aujourd'hui je te salue à mon réveil, toi qui fais ma destinée, toi que j'aimais, que j'aime d'un amour si vrai. Il n'y a point de vanité de ta part à croire à cet amour [**Oui, certes, il y en aurait trop !**], mais il y aurait une grande sottise à en douter : il est tant prouvé ! [**Non !**] C'est parce qu'il est dégagé d'affections matérielles que tu n'y crois pas. [**S'il est dégagé de tout cela, pourquoi veux-tu entrelacer nos cuisses ?**] C'est cela qui n'est pas digne de toi ; aimer un homme pour coucher avec lui : voilà les amours de toutes les femmes ordinaires [**Non, mais foutre à plein cœur avec lui, pour lui prouver qu'on le préfère : voilà ce que j'appelle aimer !**], ce n'est pas le mien. Pontois, la première passion de ma vie, est de tous les hommes celui que je désirais le moins : j'avais si peur de lui donner mauvaise opinion de moi, que j'aurais voulu n'avoir avec lui qu'une amour angélique. [**Tu mens ! La mauvaise honte seule retenait ton tempérament, lequel brûlait toujours de s'épancher entre ses bras. J'ai cru, moi, te montrer l'amour le plus passionné, en te mettant bien à ton aise sur l'estime que je te gardais, te faisant faire toutes les folies d'une femme ardente au plaisir et aussi bien constituée que tu l'étais. Je me disais : elle m'aimera plus quand, ayant deviné ses goûts, j'en aurai fait un véritable culte. Là-dessus, je t'ai essayé[e] de toutes les façons possibles. Et toi, loin d'arrêter mes folies, tu les a toutes outrepassées. Puis, tu me les a reprochées, en te donnant pour ma victime. Fausse femme que tu étais : lorsque j'avais cru t'enchanter, tu me gardais l'horreur de la publicité !**]

On pourrait dire que le cœur humain renferme deux espèces de passions : celles de l'âme et celles du corps, s'il est permis de s'exprimer ainsi ; les premières sont sublimes, elles élèvent l'homme au-dessus de lui-même, exaltent ses forces et lui donnent le courage de toutes les vertus ; les secondes au contraire le rabaissent, le dépravent, et n'en font plus qu'un homme corrompu pour qui les vices deviennent des plaisirs. [**Non. Tout le faux de ta pensée, c'est que les plaisirs sont des**

vices !] Ces passions en sous-ordre sont pourtant nécessaires à l'espèce humaine, à sa propagation. Mais la
nature, qui a tout prévu et qui n'a point voulu que sa
créature favorite se dégradât sans honte [**C'est le
comble de sa sagesse de nous avoir donné des goûts si
vifs pour l'accomplissement de ses vues magnifiques !
Elle a dit : Aimez-vous ! foutez, et le monde sera éternel comme Dieu**], lui a donné la vertu pour combattre
ces passions brutales. [**Brutale toi-même d'avilir ce
que tu commandas et ne cesses d'entretenir, en prenant soin de ta beauté pour que l'on bande en ton
honneur, soit que tu t'en amuses ou non.**] La vertu
dans une âme vraiment sensible fait de l'amour un
sentiment céleste, parce qu'elle accompagne le désir de
tous les charmes de la pudeur et de la délicatesse. [**Si
l'on te forçait d'expliquer ce que tu entends par ces
mots, tu serais bien embarrassée. De quelle pudeur
parles-tu ? Quelle délicatesse vantes-tu ? Tâche donc
de poser la borne entre la beauté de l'amour et tout
l'amour qu'inspire la beauté ! Si tout cela n'est pas la
jouissance de l'homme ou de la femme qu'on préfère,
tout cela n'est plus rien qu'un puéril galimatias, dont
tout le mérite consiste à se payer de mots vides de
sens !**] C'est positivement l'espèce d'amour que mon
ami n'aime pas, mais je ne puis en avoir un autre
actuellement, et je remercie (avec joie même) mon ami
et son injuste famille de m'avoir rendue, à force de
chagrins et d'humiliations, à ma véritable manière de
voir et de sentir. Au reste, mon désordre n'a servi que
de prétexte. Le motif était la jalousie : on ne me pardonnait pas de balancer les affections de mon ami. Et

puis, les femmes détestent celle qui montre un profil de Mingrélie et des pieds de la Chine. [**Ah, vraiment, c'est ici que tu dis bien ce que tu penses ! Car tu crois franchement que sans ton profil et ton pied, on ne t'eût jamais reproché, non de m'aimer, mais de m'en faire accroire ! Que l'on eut tort ou non de te reprocher ce que tu nies, tant que la preuve n'est pas faite, il n'en est pas moins vrai qu'il ne s'est jamais agi d'autre chose. Tant que tu n'as pas vu tes lettres à Manuel, tu me les a niées comme des impostures, et quand je les ai pardonnées, tu voudrais que je crusse que la jalousie de ton pied en a fait former le reproche ! Non : eusses-tu été belle comme Vénus, on te l'eût pardonné chez moi, si l'on n'avait pas cru que tu faisais de moi ta dupe ! Laissons donc tous ces vains débats. Tu n'as plus avec moi l'ivresse qui fait excuser l'amour et ses plaisirs. Que ferais-tu de moi dans ton lit, dans tes bras ? Tu as disséqué notre amour ! ce qui reste n'est qu'un squelette qui a perdu la vie et sa beauté.**] Je ne suis dupe de rien ; tu ne fus jamais la mienne et l'amour que je te montrais existait dans tout mon être. Mal dirigé, il a pensé me tuer ; rendu à sa dignité, il fera le bonheur de mes vieux jours. À demain, chère âme de la mienne, viens m'éveiller. Je t'ouvrirai mes bras avec les transports de ma profonde passion pour toi. Elle circule avec mon sang, et ne finira que quand il se glacera dans mes veines. Je conçois ta position, je pleure sur elle. Mais un homme de ton caractère, qui a eu ta fortune, a toujours mille ressources. Courage… c'est pour Amélie vertueuse qu'il faut vivre, pour sa pauvre mère. Allons, tu es digne de t'élever à toute la hauteur du plus magnanime courage ; mon amour te récompensera de tout. [Je n'ai pas perdu le courage de souffrir pour moi : c'est de ne pouvoir plus faire jouir de mon aisance tout ce qui m'appartient, que j'aime ; oui, c'est cela seul qui m'afflige ! Je ne suis pas moins pauvre aujourd'hui que l'autre matin. Juges-en par la pauvre monnaie dont je compose ton fiacre de ce soir. Peut-être recevrai-je quelque argent aujourd'hui. Mais si je vais te voir demain, n'oublie pas tout ce que tu dois à ta vertu, à ta sagesse, à ta pudeur, à ta délicatesse ; et ne te fais pas un jeu supérieur et cruel de me faire tomber dans cet amour du second ordre, lequel avilit tant cet amour qui n'est beau que quand il est du premier ordre ! Souviens-toi, pauvre amie, qu'il est bien indigne de nous que tu provoques mes faiblesses par tes charnels embrassements, par ces lascives libertés que l'ivresse seule autorise, et que tu manquerais à ce que tu dois à nous deux, si tu t'oubliais au point de me montrer tout ce que je te fais la justice de croire que tu ne montres plus à personne. Songe ce que je dois penser de toi, si tu compromettais la majesté de notre sentiment, en me laissant baiser tes fesses, en m'ouvrant de tes doigts mignons ce que tu m'as ouvert cent fois lorsque tu n'étais pas encore dans la réforme ; ou du moins, si tu montres tout, ne t'avise pas d'en rien faire, ni d'appeler indécemment les restes de virilité que ton ami est honteux de sentir, quand ta main viole sa ceinture. Le dernier matin, femme auguste, tout en me parlant d'autre chose, n'as-tu donc pas déboutonné ce qu'une maîtresse

bien née ne déboutonne pas sans une intention char-
nelle ? Que me veux-tu, si tu ne sens plus rien ?]

On donne *Eugénie* avec *L'Amant bourru*. Envoie-
moi des billets pour quatre dames (orchestre ou premières)… Je t'envoyai l'autre jour une brochure ;
glisse six livres dedans adroitement, en m'envoyant ces
billets, ou viens toi-même ce matin : porte ouverte et
demain fermée. Lis ma lettre avec une grande attention. J'en voudrais copie en vérité. Il y a de la clarté,
de la justesse dans l'explication des deux amours… Je
les ai tous pour vous, homme ingrat.

[La voilà cette lettre, copiez-la, et mes notes à mi-
marge, et puis nous en raisonnerons.]

Lettres
de Mme de Beaumarchais à Amélie
et lettre d'Amélie à Mme de Beaumarchais

Lettre de Thérèse de B[eaumarch]ais
À Mad. de La Morinaie[1]

Je vous demande pardon, Madame, d'avoir gardé si longtemps votre manuscrit[2]. Je voulais le lire avec toute l'attention qu'il mérite ; malheureusement j'ai peu d'instants à donner à mon goût le plus cher ; la lecture veut plus que de la solitude ; il faut du recueillement pour en tirer quelques fruits ; des occupations routinières et fastidieuses, et le train de la société, dévorent les plus belles heures de la vie, vous le savez, Madame.

Je connaissais votre mémoire ; après vous avoir vue, Madame, il ne pouvait que m'intéresser davantage. La chanson est très piquante, et le thème difficile qu'on vous avait proposé me semble bien rempli. Le discours est très ingénieux et fait autant d'honneur à votre cœur qu'à votre esprit. Je ne puis que regretter infiniment, Madame, que de si belles qualités ne puissent tourner à l'agrément et au profit de notre société ; mais l'opinion est formée ; l'attention est fixée. Ce mal comme vous

---

1. Lettre autographe signée et non datée de Mme de Beaumarchais. Le contexte montre que son époux lui a fait part de son désir d'installer Amélie chez eux.

2. Amélie avait des prétentions littéraires.

savez n'est pas mon fait, et je ne dois pas plus souffrir de l'inconséquence des autres que je n'ai dû céder lâchement aux menaces et aux outrages qui m'ont été faits et renouvelés sous toutes les formes pour obtenir de moi le consentement à une innovation délicate sur laquelle je ne pouvais être forcée. Vous n'ignorez pas, Madame, que ces rapprochements sont très rares, parce que la société les a regardés comme monstrueux : sur un exemple qu'on peut produire de la bonne harmonie de ces sortes de liaisons, vingt autres en attestent l'incohérence et le vice, par le trouble qu'elles occasionnent, par le scandale qu'elles font naître.

Le choc des autorités, la différence des sentiments, celle des caractères, les préférences accordées à l'objet aimé, l'avantage que lui donne la certitude de l'être donnent à l'individu qui n'est là que pour la forme des mortifications journalières. Sans cesse aux prises avec son cœur et son amour-propre, d'un côté s'il fait effort pour obtenir la paix et la bonne union par de généreux sacrifices, de l'autre il cherche à retenir son pouvoir et sa consistance parce que c'est le seul dédommagement qui lui reste.

Je ne puis que me répéter, Madame, si l'arrangement actuel a des inconvénients, celui que vous vous proposez tous deux en a de bien majeurs. Gardez-vous d'y rien changer et souffrez que j'aie la raison qui vous manque. C'est à moi qu'il convient de vous éclairer sur les dangers de ce rapprochement : la célébrité de votre ami, le genre de persécution qu'il a eu à repousser, celui de quelques-unes de ses connaissances, la multitude des malveillants qui l'épient et le jalousent sont

autant d'entraves insurmontables qui doivent vous
faire une loi de n'y jamais songer. Depuis trois ans,
cette liaison a toute la publicité qu'elle devait avoir ;
vous n'en êtes pas moins estimable et moins bien vue
de votre société ; notre réunion, loin de vous attirer
plus de considération, la détruirait au contraire en
m'inculpant, et donnerait lieu à des méchancetés, à
des sarcasmes qui empoisonneraient notre vie. Il ne
faut pas élever autel contre autel, on est toujours puni ;
il ne faut pas intervertir l'ordre que la société a établi
elle-même, ce n'est pas sans causes ; ces lois, à la vérité,
ne sont pas écrites, ce ne sont pas celles qu'on suit le
moins, parce que la tranquillité publique et particulière
est fondée sur ces bases. Il ne faut pas confondre les
préjugés et les convenances. Les préjugés sont le lot des
esprits ignorants et faibles, des âmes étroites que rien
n'a pu élever à la démonstration d'une vérité, qui
n'ont de crédulité que pour des contes absurdes ; rien
ne peut garantir de tels esprits d'un ridicule ineffaçable ; la société en fait bonne justice ; ils se font plus
de mal qu'ils n'en peuvent faire aux autres. Je puis dire
hardiment, sans modestie comme sans orgueil, que je
n'ai point de sots préjugés, et que ce n'est pas le préjugé qui m'empêche d'accueillir votre proposition.
Mais, Madame, les convenances sont bégueules, il
n'est pas permis à tout le monde de les enfreindre. Il
arrive un âge, des circonstances, qui vous forcent malgré vous à la sévérité, qui vous font attacher plus de
prix au bonheur intérieur, qui vous font envisager vos
devoirs avec moins d'effroi : je suis arrivée à cette
époque ; il ne faut pas que rien m'en détourne. Je ne

suis ni précieuse, ni intrigante, ni méchante, ni injuste, mais j'ai une sensibilité qui va peut-être jusqu'à la susceptibilité ; j'ai une franchise brutale et une fierté qui n'entend ni rime ni raison. Si ces ingrédients peuvent composer un caractère estimable, au moins il n'y a pas de quoi se vanter. Voyez ce que j'aurais à souffrir, et tirez vous-même les conséquences. Soyez heureuse, Madame, vous paraissez faite pour l'être. Pesez dans votre sagesse les raisons solides que j'oppose à vos désirs ; votre intérêt autant que celui de votre ami me les a dictées.

(Cette lettre autographe non datée semble avoir été écrite lorsque Amélie s'est installée chez les Beaumarchais au début de 1791.)

Mme de Beaumarchais à Mme de La Morinaie

Ce que votre ami vous a dit, Madame, ma sœur[1] vous l'a répété d'une manière plus énergique ; je dois croire que vous avez goûté ses arguments, puisque vous ne vous en plaignez pas. Nous n'eussions pas risqué une semblable condition vis-à-vis de toute autre, mais tout ce qui avait précédé le sacrifice que je méditais devait me tenir dans la plus grande défiance ; aujourd'hui qu'il est consommé, je me montrerais peu généreuse si je persistais à exiger une retenue qui contrarierait perpétuellement votre goût et le vœu de votre ami.

Rejetez donc de ces conversations préliminaires tout ce qui pourrait vous affliger et nuire à vos succès ; retenez-en une *bonne* vérité que le temps seul peut atténuer, Madame, c'est que j'ai fait un sacrifice immense, que je l'ai fait au repos, à la paix intérieure, surtout pour

---

1. Julie, la sœur de Beaumarchais, qui vivait sous le même toit que le ménage Beaumarchais.

la satisfaction de votre ami, qui s'est acquis des droits éternels sur ma reconnaissance et sur ma volonté. Cela posé, Madame, je suis la dernière à qui vous puissiez demander des conseils ; c'est à vous-même à régler votre conduite sur un mode bien différent du passé, car le bon esprit est d'avoir celui des circonstances, et votre position a furieusement changé ! N'allez pas tuer les convenances après les avoir blessées dans tous les points ; autrefois, vous pouviez tout hasarder, aujourd'hui vous êtes comptable envers le public. Puisque vous cherchez la considération (ce qui ne s'accorde guère avec le mépris que vous faites des usages et des bienséances *vulgaires*), je dois croire que vous vous observerez beaucoup pour ne pas nuire à celle des autres par des imprudences ou des légèretés dont on nous ferait le tort d'être complices : notre maison va être plus fréquentée que jamais ; songez à la fille de votre ami ; n'oubliez pas, Madame, que toute une société et une famille prévenue vous observeront ; il faut plus que de l'esprit pour se conduire dans un terrain si glissant. Ce n'est pas moi qu'il faut craindre ; je ne sais pas ce que des sots *routiniers* ont pu vous dire en vers et en prose pour vous alarmer sur mon compte, je m'en inquiète aussi peu ; l'expérience m'a démontré que les hommes en général ne louaient jamais une femme qu'aux dépends d'une autre, selon l'intérêt ou le caprice qui les mène. Ce qui doit vous rassurer, Madame, c'est que je ne suis pas de caractère aisé à entraîner, témoin la longue résistance que j'ai opposée à vos désirs ; quand avec cela la probité et la raison tracent les devoirs, il est difficile de s'égarer. Vous ne me trouverez pas caressante ; de longtemps mon cœur ne peut se livrer, s'épanouir ; je ne puis le contraindre à un sentiment dont j'ignore encore s'il a le germe, mais je ne chercherai jamais à vous nuire, jamais je ne serai le moteur de vos peines secrètes. Je ne puis vous promettre que des procédés honnêtes et les égards que j'exige pour moi-même. Je vous tiendrai parole. D'après cette franche déclaration à laquelle vous m'avez provoquée, Madame, vous pouvez fonder votre opinion sur moi en connaissance de cause, sans me prê-ter plus de mérite que je n'en ai : voilà ma hauteur ! Vous pouvez hardiment retrancher quelques toises dont votre munificence m'avait gratifiée, je n'atteindrai jamais au gigantesque, je suis d'une taille très ordinaire.

Vous allez encore vous révolter de mon incrédulité, mais, Madame, je ne puis vous celer que je ne crois point à votre amitié, car j'ai la rage de vouloir une raison à tout, et je n'en vois pas l'à-propos : à quel titre m'aimeriez-vous, je vous en prie ? Je suis plus accommodante que vous, Madame, je trouve tout simple que vous me m'aimiez pas, comme il faut que vous trouviez juste que je ne vous aime point encore ; mais comme je ne donne pas dans les extrêmes, je ne goûte point l'alternative que vous me présentez, car de ce que nous ne nous aimons pas, il ne s'ensuit pas du tout que nous devions nous haïr. Des intérêts diffé-rents nous rapprochent aujourd'hui ; la politique doit faire les premiers frais de cette réunion ; il est possible que, par la suite, la politique soit supplantée par un sentiment plus aimable.

Ne croyez pas cependant que votre présence puisse me gêner au point de me mettre mal à l'aise ; je n'ai sur cela ni désirs ni répugnance ; vous êtes toujours sûre d'une honnête réception, car je me souviendrai toujours que vous êtes l'amie de votre ami, ce qui m'inspire assez pour me tenir dans les bornes les plus rigoureuses. J'espère, Madame, que vous vous tenez pour bien priée quand je vous envoie ma voiture, et quand je vous atteste que votre présence ne saurait me déplaire ; ne revenez plus de grâce sur ce chapitre, car je regarderais la récidive comme un acte de despotisme que vous voudriez exercer sur mes affections.

Vous me parlez de deux amies, moi je n'en compte qu'une qui ait pu mériter ce nom ; dix années d'une tendresse, que j'avais certes bien méritée, n'ont pu la consacrer ; les poids de sa reconnaissance et de ridicules prétentions ont fini par aliéner son cœur et le détacher de mes intérêts. Quant à la seconde, elle ne fut que ma très légère connaissance, et ne pouvait être que cela ; comme à son âge les impressions ne laissent pas de traces bien profondes, j'espère qu'elle sera bientôt consolée de ce qu'elle appelle mon abandon ; c'est un air qu'elle se donne et un ridicule qu'elle me jette, mais que je ne prends pas sérieusement. Voilà en quoi nous différons essentiellement, Madame : vous croyez tout et moi je suis prête à douter de tout ; c'est le résultat de l'expérience. Je sais cependant qu'il y a des âmes pures, j'en connais encore. Je crois même aux grandes affections, c'est suivant les objets ; mais je n'exagère rien, j'ordonne à ma tête de régler mon cœur qui est ardent, parce qu'à mon âge il n'y a rien d'aussi insensé que de se laisser maîtriser par ses affections.

(Autre lettre autographe non datée probablement écrite à la fin du printemps de 1791.)

À Madame
Madame de La Morinaie
Rue des Francs-Bourgeois

Rien ne m'est aussi odieux, Madame, que les tracasseries de société ; nous étions heureux et tranquilles avant l'époque où vous avez désiré d'être admise dans la nôtre. Mon profond respect et ma juste déférence pour votre ami, Madame, et ma conduite envers vous jusqu'à ce jour ont dû vous prouver si je savais tenir, même surpasser, mes engagements. Aujourd'hui, Madame, c'est vous qui rompez cette liaison pour laquelle vous paraissiez avoir tout fait ; vous l'avez dit, écrit à tout ce qui m'entoure : *je ne mettrai plus le pied dans cette maison.* Vous étayez cette résolution subite de plusieurs raisons dont les unes sont peu adroites, les autres, j'ose dire, puériles : *n'y eût-il que cette cloche qui me fait mal aux nerfs* et mon esprit géométrique, Madame, ne sait pas se contenter de ces défaites qui cachent sans doute un motif plus réel, mais il les adopte. Plus conséquente que vous, je ne me serais jamais permis de ces dégoûts qui repoussent ou blessent l'amour-propre. Permettez que je m'en tienne à votre résolution. Ceci n'est point assez, Madame, mais c'est ce que je crois lui devoir. Personne n'a cherché de prétexte pour vous donner du chagrin chez moi, personne n'a songé à vous en bannir, mais on peut sans injustice, comme sans cruauté, trouver bon que vous y renonciez sans sujet.

Il est inutile, Madame, que vous souteniez cette lutte inégale entre nous ; vous avez pour arme une imagination féconde, et moi je n'ai que la froide raison à y opposer. Par grâce, finissons cette querelle, je ne suis pas d'humeur à y prendre un rôle plus longtemps. Je vous souhaite, Madame, une meilleure santé, un cœur moins injuste, et peut-être une tête plus saine.

(Lettre autographe non datée.)

**À Madame
Madame de La Morinaie
Rue des Francs-Bourgeois**

Je ne connais de véritables douleurs, Madame, que celles qui peuvent nuire à la paix d'un ménage qu'on fait tout pour rendre heureux ; vos fantaisies l'ont fort troublé ; mais laissons tout cela. Je vous cède, Madame, vous êtes libre demain de venir nous voir ; aujourd'hui j'ai beaucoup de monde pour aller à *Eugénie* et tous mes arrangements sont faits. Je vous verrai avec les mêmes égards et sans explication sur tout ceci, mais je dois vous prévenir, Madame, qu'eu égard à la saison, je désire qu'il n'y ait plus de jours marqués pour vous recevoir. Vous ferez demander le matin si l'on est libre afin que je ne sois pas obligée de rester chez moi quand j'ai d'autres arrangements. Ce point arrêté, et celui du spectacle, comptez, Madame, sur un profond oubli du passé. Je vous salue et vous attends demain.

Amélie à Mme de Beaumarchais d'hier soir, jeudi 5 janvier 1792

Je me souviens avec reconnaissance, ma très aimable voisine, que vous avez eu la bonté d'ajouter hier un mot à l'invitation que me faisait M. de Beaumarchais pour le déjeuner de demain. Ce mot m'avait tellement touchée qu'il me laissait l'âme désolée de ne pouvoir accepter. Réellement, c'est impossible ; aujourd'hui, j'ai cherché les moyens de me dégager d'un engagement pris depuis huit jours avec des femmes que j'aime, qui ont la bonté de m'aimer aussi ; j'ai vu que je les affligerais. Elles ne se fâcheront pas, car elles ne tiennent pas aux formes. S'il n'y avait eu que cet inconvénient à braver – vous savez, Madame, comme les convenances me conviennent peu –, j'aurais sauté à pieds joints par-dessus. Mais blesser l'amitié, voilà de ces torts réels dont jamais mon cœur ne sera coupable. Ignorante en usage, en politique, en morale même, je ne sais rien qu'en sentiment. Pour beaucoup d'individus, ma sensibilité n'est que de l'*exaltation*, ma franchise de l'*étourderie*, mes affections une *fièvre chaude*, mais tout en me traduisant sans connaissance du texte, ces individus s'accordent tous sur la bonté de mon cœur. Et cette justice de leur part suffit à mon repos. Ce cœur imbécile et bon sera demain au milieu de

vous, il s'unira d'intention au beau jour que vous céle-
brerez, souhaitant qu'Hébé Eugénie voit encore dans
cent ans cette solennité[1] ; alors je dormirai paisible-
ment, et j'aime tant à dormir ! Cette idée de ne pas
vous voir demain, et mille autres, m'encrêpe. Recevez
mes regrets, ma très spirituelle voisine. De votre grâce,
remerciez le véritable amphitryon de vos déjeuners du
vendredi d'avoir bien voulu songer à moi. Qu'il me
conserve sa bonne volonté. Il est trop aimable et trop
sensible pour vouloir que je sois la victime de mon
impossibilité pour demain. J'embrasse le père génie, la
mère esprit, l'enfant Orphée, sans oublier la noble
sœur. À dimanche mon argent.

---

1. Eugénie était née le 5 janvier 1777.

(Lettre autographe de Mme de Beaumarchais, non datée.)

À Madame
Madame de La Morinaie

Je n'ai pas eu le loisir, Madame, de répondre hier à votre étonnante lettre. L'exaltation d'une tête ne saurait aller plus loin, voilà ce que j'y vois de plus clair. Il n'y a que cela qui puisse justifier certaines phrases que vous vous êtes permis de m'écrire et dont personne, que je sache, ne s'aviserait. Je ne puis, ni ne veux, entrer dans aucun détail, par respect pour vous et pour moi ; mais, Madame, pour éviter les procès par écrit, j'ai causé hier avec votre ami Monsieur Desportes, et je l'ai prié de vous voir. Si d'après la conversation que nous avons eue ensemble, vous ne me jugez pas à votre hauteur, vous trouverez au moins que je suis très simplement, et tout platement, raisonnable, et que je ne suis point inhumaine à votre égard. Il est vrai que je respecte les convenances, parce que c'est en les respectant qu'on acquiert cette considération dont les femmes font tant de cas quand le moment des folies est passé. Il est vrai aussi, Madame, que vous ne me trouverez pas crédule sur ce qu'on appelle les passions véhémentes, je n'abuse point ainsi des termes, ma tête et mon cœur ne s'exagèrent rien.

Il y a un âge pour cette fièvre convulsive, mais au nôtre, Madame, les sentiments ont une teinte plus douce ; c'est réellement pour le bonheur qu'on a un attachement, et non pour se désoler et tourmenter les autres. Votre ami, Madame, se porte bien ; il se porterait encore mieux s'il n'était agité de toutes ces tracasseries. Il sort ce matin ; demain, on le purge.

(Deux mois jour pour jour avant la mort de Beau-
marchais, alors que leur séparation était déjà consommée,
Amélie fit l'impossible pour se rapprocher de son vieil
amant. Elle poussa l'inconscience jusqu'à supplier Mme
de Beaumarchais d'opérer elle-même ce rapprochement.
Démarche jolie, à laquelle la « ménagère » répondit sur un
ton de dignité offensée qui ne manque pas d'allure.)

Mme de Beaumarchais à Mme de La Morinaie
27 ventôse an VII [17 mars 1799]

Je ne vous cache pas, Madame, que je suis très éton-
née que vous vous adressiez à moi pour arriver à
Monsieur de Beaumarchais. Vous savez bien que nous
avons chacun notre appartement distinct et fort séparé
l'un de l'autre. Que nous avons mutuellement la liberté
d'y recevoir les personnes qui nous conviennent, que
rien n'est moins dans mon caractère d'aller faire l'ins-
pection chez mon mari, de faire des demandes indis-
crètes, ou de blâmer sa conduite en quoi que ce soit.
Cette confiance, ce respect lui sont dus, et c'est ma
façon de lui prouver mon attachement – chacun a la
sienne.

Vous me permettrez de vous dire, Madame, que
cette *crainte de me déplaire* me paraît bien peu fondée,

que j'ai peine à croire que vous y ayez songé un instant. La vie indépendante que nous menons dans notre intérieur nous met dans l'heureuse impuissance de nous formaliser d'une visite que chacun de nous a le droit de recevoir. Ma fille vient chez moi assez habituellement ; s'il se trouve dans notre société quelqu'un qui ne lui plaise pas, elle regagne son appartement. En retour, j'use de la même liberté. Cette pratique sauve de beaucoup d'ennuis, et sauve d'une foule de petites tracasseries domestiques, qui achèveraient de nous rendre très malheureux.

Je ne sais sur quoi vous fondez, Madame, que vous m'êtes odieuse. C'est un bien vilain mot que vous avez écrit là ! Réduisons-le à sa valeur : il y a des unions de société incompatibles – et la nôtre, Madame, est de ce genre dans toute la rigueur de cette acception.

Je ne croirai point, malgré les quatre lignes que vous m'avez envoyées, que le bonheur de l'homme que j'aime, que j'estime, et à qui je l'ai *prouvé d'une manière solide*, tienne à un rattachement de liaison, devenu plus absurde et plus impossible que jamais – et sûrement, Madame, je ne serais pas seule de cet avis, s'il fallait recueillir les voix.

Vous avez une forme d'attachement si fort au-dessus de ma portée que je ne puis que m'en étonner, et me taire. Mais, Madame, il y a une chose que j'entendrais à merveille : c'est que la raison devenant votre guide, vous fussiez la première (par attachement pour ce même ami) à lui faire sentir l'inconvenance d'un rapprochement qui ne vous apporterait à l'un et à l'autre nulle félicité, et produirait le plus méchant effet sur l'esprit d'une multitude de gens à qui vous avez fait part de votre conquête ; et de toutes les lettres que vous en avez reçues, la publicité, Madame, n'est pas une sauvegarde banale.

Recevez mes saluts

W. M. BEAUMARCHAIS

La santé de M. B. n'est altérée que par un rhume, et c'est à ce rhume qu'il faut attribuer la petite indisposition qu'il a eue il y a trois jours. Il n'est nullement malade ; seulement il a le malaise que j'éprouve moi-même, occasionné par un rhume de poitrine.

Salut

TABLE

LETTRES DE MME DE BEAUMARCHAIS À AMÉLIE
ET LETTRE D'AMÉLIE À MME DE BEAUMARCHAIS

Des mêmes auteurs :

ÉVELYNE LEVER

Histoire de la guerre d'Algérie, 1954-1962, en coll. avec Bernard Droz, Paris, Le Seuil, « Points », 1982 ; éd. revue et augmentée en 1991.

Louis XVI, Paris, Fayard, 1985.

Louis XVIII, Paris, Fayard, 1988 (ouvrage couronné par l'Académie française).

Marie-Antoinette, Paris, Fayard, 1991.

Mémoires du baron de Breteuil, édition critique, Paris, François Bourin / Julliard, 1992.

Philippe Égalité, Paris, Fayard, 1996.

Madame de Pompadour, Paris, Perrin, 2000 (prix du Nouveau Cercle de l'Union ; prix Clio de la ville de Senlis).

Marie-Antoinette, la dernière reine, Paris, Gallimard, « Découvertes », 2000.

Marie-Antoinette, Journal d'une reine, Paris, Robert Laffont, 2002.

L'Affaire du collier, Paris, Fayard, 2004.

Correspondance de Marie-Antoinette, 1770-1793, Paris, Tallandier, 2005 (prix Sévigné 2006).

Les Dernières Noces de la monarchie (volume réunissant Louis XVI et *Marie-Antoinette*), Paris, Fayard, coll. « Les Indispensables de l'histoire », 2005.

C'était Marie-Antoinette, Paris, Fayard, 2006.

Le Chevalier d'Éon, Paris, Fayard, 2009.

MAURICE LEVER

La Fiction narrative en prose au XVIIᵉ siècle. Répertoire bibliographique du genre romanesque en France (1600-1700), Paris, éd. du CNRS, 1976.

Le Monde à l'envers, en coll. avec Frédérick Tristan, Paris, Hachette-Massin, 1980.

Élise. Roman inédit du XVIIᵉ siècle, édition critique, Paris, éd. du CNRS, 1981.

Le Sceptre et la marotte. Histoire des fous de Cour, Paris, Fayard, 1983 ; Hachette littératures, « Pluriel », 1985 (ouvrage couronné par l'Académie française).

Pierre de Marbeuf, Le Miracle d'amour, Introduction et édition du texte, Paris, Obsidiane, 1983.

Les Bûchers de Sodome. Histoire des « infâmes », Paris, Fayard, 1985 ; « Bibliothèque 10/18 », 1996.

« La Conquête du silence. Histoire du mime », in *Le Théâtre du geste* (ouvrage collectif), Paris, Bordas, 1987.

Donatien Alphonse François, marquis de Sade, Paris, Fayard, 1991 (grand prix de la Ville de Paris) ; rééd. Paris, Fayard, 2003.

Bibliothèque Sade. Papiers de famille : t. I : *Le Règne du père (1721-1760)*, Paris, Fayard, 1993 ; t. II : *Le*

Marquis de Sade et les siens (1761-1815), Paris, Fayard, 1995.

Canards sanglants. Naissance du fait divers, Paris, Fayard, 1993.

Sade, Le Voyage d'Italie, édition établie et présentée par Maurice Lever, Paris, Fayard, 1995 (2 vol.).

Romanciers du Grand Siècle, Paris, Fayard, 1996.

Sade et la Révolution, Paris, Bartillat, 1998.

Pierre Augustin Caron de Beaumarchais : t. I : *L'Irrésistible Ascension (1732-1774)*, Paris, Fayard, 2003 ; t. II : *Le Citoyen d'Amérique (1775-1784)*, Paris, Fayard, 2003 ; t. III : *Dans la tourmente (1785-1799)*, Paris, Fayard, 2004 (prix de la biographie de l'Académie française, 2005 ; grand prix du festival de la biographie de Nîmes, 2005).

Isadora Duncan. Roman d'une vie, Paris, Perrin, 2000.

Louis XV, libertin malgré lui, Paris, Payot, 2001.

Théâtre et Lumières. Les Spectacles de Paris au XVIIIe siècle, Paris, Fayard, 2001.

Anthologie érotique. Le XVIIIe siècle, Paris, Robert Laffont, « Bouquins », 2004.

Beaumarchais, Lettres galantes à Mme de Godeville, 1777-1779, édition établie et présentée par Maurice Lever, Paris, Fayard, 2004.

« Je jure au marquis de Sade, mon amant, de n'être jamais qu'à lui… », présenté et édité par Maurice Lever, Paris, Fayard, 2005.

Grande et petite histoire de la Comédie-Française : le siècle des Lumières, Paris, Fayard, 2006.

Sade, Écrits politiques, textes choisis et annotés par Maurice Lever, Paris, Bartillat, 2009.

Isabelle de Bourbon-Parme

« Je meurs d'amour pour toi... »

Lettres à l'archiduchesse Marie-Christine
1760-1763

Édition établie par Élisabeth Badinter

LA LETTRE ET LA PLUME

Le Livre de Poche

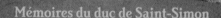

Mémoires du duc de Saint-Simon

« Cette pute me fera mourir… »

Intrigues et passions
à la cour de Louis XIV

LA LETTRE ET LA PLUME

Princesse de Metternich

« Je ne suis pas jolie, je suis pire »

Souvenirs 1859-1871

LA LETTRE ET LA PLUME

Le Livre de Poche

Composition réalisée par IGS-CP

Achevé d'imprimer en mai 2011, en France sur Presse Offset par
Maury-Imprimeur – 45330 Malesherbes
N° d'imprimeur : 164304
Dépôt légal 1re publication : mai 2011
LIBRAIRIE GÉNÉRALE FRANÇAISE – 31, rue de Fleurus – 75278 Paris Cedex 06

30/8910/9